Über dieses Buch Das Heranwachsen aus der Geborgenheit kindlichen Daseins ist das Thema dieses Romans: dem jungen Mädchen, das diesen schmerzvollen Reifegang an sich erfährt, werden seine Kinderjahre im verwunschenen Garten des Klosters St. Georgen zum Inbegriff verlorenen Glücks und erster Einsicht in eigenes Lebensschicksal. Erst nach Jahren – nach der Begegnung mit dem Großvater und mit der Freundin Cornelia – kehrt es in diesen Garten zurück, um in den Ringen auf dem Wasserspiegel des Klosterbrunnens die Gestalt seiner Existenz zu erblicken.

»Ich bin durch ihre Geschichte wie durch einen Garten gegangen, jedem Bilde dankbar, mit jedem einverstanden, und es wird nicht lange dauern, bis ich es zum zweitenmal lese«, schrieb Hermann Hesse an Luise Rinser.

Die Autorin Luise Rinser wurde 1911 in Pitzling/Oberbayern geboren. Sie studierte Psychologie und Pädagogik und war von 1935 bis 1939 als Lehrerin tätig. 1940 erschien ihr erster Roman ›Die gläsernen Ringe‹. In den folgenden Jahren durfte sie ihren Beruf nicht mehr ausüben. 1944 wurde sie wegen Wehrkraftzersetzung verhaftet. Die Erlebnisse dieser Zeit schildert sie in ihrem ›Gefängnistagebuch‹ (1946) und in ihrer Autobiographie ›Den Wolf umarmen‹ (1981). Luise Rinser lebt heute als freie Schriftstellerin in Rocca di Papa bei Rom. 1979 erhielt sie die Roswitha-Gedenkmedaille der Stadt Bad Gandersheim, 1987 den Heinrich-Mann-Preis der Akademie der Künste der DDR, 1988 den Elisabeth-Langgässer-Literaturpreis.

Im Fischer Taschenbuch Verlag sind erschienen: ›Abenteuer der Tugend‹ (Bd. 1027), ›Baustelle. Eine Art Tagebuch‹ (Bd. 1820), ›Ein Bündel weißer Narzissen‹ (Bd. 1612), ›Bruder Feuer‹ (Bd. 2124), ›Daniela‹ (Bd. 1116), ›Gefängnistagebuch‹ (Bd. 1327), ›Grenzübergänge. Tagebuch-Notizen‹ (Bd. 2043), ›Hochebene‹ (Bd. 532), ›Ich bin Tobias‹ (Bd. 1551), ›Im Dunkeln singen. Tagebuch 1982–1985‹ (Bd. 9251), ›Jan Lobel aus Warschau‹ (Bd. 5134), ›Kriegsspielzeug. Tagebuch 1972–1978‹ (Bd. 2247), ›Mein Lesebuch‹ (Bd. 2207), ›Mirjam‹ (Bd. 5180), ›Mit wem reden. Versuch einer Antwort auf Fragen junger Menschen‹ (Bd. 5379), ›Nordkoreanisches Reisetagebuch‹ (Bd. 4233), ›Der schwarze Esel‹ (Bd. 1741), ›Septembertag‹ (Bd. 1695), ›Der Sündenbock‹ (Bd. 469), ›Unterentwickeltes Land Frau‹ (Bd. 3799), ›Die vollkommene Freude‹ (Bd. 1235), ›Winterfrühling. Aufzeichnungen 1979–1982‹ (Bd. 5797), ›Den Wolf umarmen‹ (Bd. 5866).

LUISE RINSER

Die gläsernen Ringe

Eine Erzählung

FISCHER TASCHENBUCH VERLAG

339.–345. Tausend: Januar 1992

Ungekürzte Ausgabe
Veröffentlicht im Fischer Taschenbuch Verlag GmbH,
Frankfurt am Main, Juni 1961

Lizenzausgabe des S. Fischer Verlages, Frankfurt am Main
Copyright 1941 by S. Fischer Verlag, Berlin
Umschlagentwurf: Buchholz / Hinsch / Hensinger
Abbildung: Claude Monet, ›Seerosen‹
Druck und Bindung: Clausen & Bosse, Leck
Printed in Germany
ISBN 3-596-20393-7

Das Kloster

Ich war ein Kind von fünf Jahren und wohnte in einer kleinen stillen Stadt, und meine Kindheit war noch stiller als diese Stadt. Eines Tages aber begann ein grauer Strom zu fluten durch die Straße, auf die ich blicken konnte, und die Mutter sagte: »Sieh, unsere Soldaten! Wie tapfer sie marschieren.« Der graue Soldatenstrom hielt viele Stunden und viele Tage an; die Stadt war plötzlich laut von Stampfen, von Gerassel und rauhem Gesang. Auch den Nächten war die Ruhe geraubt. Lastzüge rollten knatternd vorbei, und Rufe durchstießen überall das Dunkel. Das Kind, das allein in seinem Zimmer lag und schlafen sollte, spürte das Fieber und das Ungewisse in der Luft. Es ängstigte sich vor dem, was es nicht kannte und was die Großen den »Krieg« nannten.

Eines Tages war auch der Vater fortgezogen, und nun verließ meine Mutter mit mir die Stadt. Wir fuhren eine Weile mit der Bahn, dann stiegen wir aus an einem kleinen Bahnhofe, vor dem ein bunter Hahn stand und krähte. Dies war mir ein neuer Klang und galt mir als freudige Verheißung. Dann kam eine Postkutsche, sonnengelb, mühsam zu besteigen. Sie führte uns über viele Hügel durch eine sanfte, herbstlich leere Landschaft. Hinter jedem Hügel lag ein Tal, und von Tal zu Tal wurde die Luft stiller. Als wir in der früh beginnenden Dämmerung auf einem Berge Dorf und Kloster Sankt Georgen mit abendlich blauen Mauern und Türmen liegen sahen und endlich durch einen Torbogen fuhren und die Kutsche im Klosterhof anhielt, da war nichts mehr als nur Stille. Ich war dessen sicher, daß dieser Ort unerreichbar war für Krieg, Angst und Lärm. Sooft ich in späteren Jahren durch diesen Torbogen trat, erschien mir die Stille tiefer, und wieder wurde ich durch sie sanft einer friedlosen Welt, dem Lärm des Lebens und meiner eigenen Unrast entrückt. Die Kraft dieses Ortes, zu verwandeln, war unwiderstehlich.

Die Fünfjährige, die aus der Kutsche gehoben wurde, stand steif von der Fahrt und staunend in dem mächtigen Geviert von Mauern. Ein alter Herr im schwarzen Talar des Geistlichen näherte sich uns. Da aber begann eine Glocke zu läuten. Der alte Herr blieb stehen, wo er war, bekreuzte sich und faltete die Hände. Die Mutter neben mir tat es ihm nach. Ich stand und wunderte mich, faltete die Hände und lauschte dem tiefen Glockentone nach, der von allen Seiten zugleich zu kommen schien. Ich konnte fühlen, wie der Ton in mir ein Beben hervorrief, so mächtig war er. Erst als das Läuten aufgehört hatte und nur mehr ein dunkles Summen zwischen den Mauern hin und her ging, wandte der alte Geistliche sich uns zu und reichte uns die Hand. »Gott schenke uns Frieden«, sagte er. Ich blickte in ein faltiges fremdes Gesicht. Die Mutter sagte: »Das ist Großonkel Felix.« Dann gingen wir auf einem schmalen Wege durch eine schon betaute Wiese und durch einen Garten, den die Dämmerung verschattete, dessen besonderes Wesen ich aber schon damals in seinem Geruche aufnahm. Ich dachte: Der Garten riecht fromm. Später unterschied ich, daß dieser so besondere, eindringliche Duft sich mischte aus dem Geruch von altem Holz, von Efeu und bemoostem Stein, von streng beschnittenen Buchs- und Thujahecken und dem bittern Atem von Nußbäumen und Eiben, die jenseits der Mauern wuchsen. Ein Jahrzehnt später erkannte ich, daß diesen Gerüchen noch eine besondere Essenz beigefügt war: Das Unbeschreibliche, Unerklärbare, jener ergreifende Hauch, den alle Stätten der Welt besitzen, an denen jahrhundertelang um den Geist der Reinheit und des Friedens gekämpft und gebetet wurde.

Damals freilich, als ich ein Kind war, schien mir der Garten nicht mehr wichtig in dem Augenblick, da an einer großen zweiflügeligen Tür die gute Tante Karoline, die ich schon kannte und die den Haushalt des Großonkels leitete, mich in ihre Arme nahm, ins Haus trug und mich fütterte. Bald wurde ich zu Bett gebracht, und da ich müde war, schlief ich sofort ein. Als ich erwachte, war das Zimmer vom Mond durchhellt. Der Raum war erschreckend groß, kein Zimmer, eher ein Saal, in dem es wohl Schränke, Stühle und Tische gab, aber so weit entfernt von mir und so verloren, als stünden sie in einer weiten Landschaft. Plötzlich erschien es mir, als schwämmen sie in dunklem Wasser; es dauerte lange, bis ich begriff, daß das, worin sie sich so deutlich spiegelten, ein glänzend dunkelbrauner Boden war. Meine Augen durchwanderten ängstlich und begierig den Raum und fanden plötzlich die Zimmerdecke. Ungläubig erst, dann staunend und entzückt erblickten sie an dieser Decke einen Garten, mit vielfach verschlungenem Gewächs, dergleichen ich nie gesehen hatte, mit unentwirrbarem Rankenwerk, durch das sich Rehe, Hasen und springende Hirsche drängten, vor deren Hufen und Mäulern kleine Vögel still und unerschrocken auf fremdartigen Blüten saßen; es war ein bleicher, ungewisser Garten, in dem es sanft sich rührte, als wehe ein leiser Wind im Laub. Es war so lautlos, spielerisch und unbegreiflich, was ich sah, daß ich es zunächst für Traum und Zauber hielt. Ehe ich ihm vertraute, mußte es die »Traumprobe« bestehen: ich bedeckte meine Augen mit den Händen und verharrte lange so, um dem Traum und Blendwerk Zeit zum

Entschwinden und mir selbst Zeit zum Erwachen und Ernüchtertwerden zu geben. Dann erst blickte ich wieder auf. Der Garten aber bestand; die Rehe waren nicht entsprungen, die kleinen Vögel nicht aufgeflattert.

Als ich sehr früh am Tag erwachte, erinnerte ich mich augenblicklich des Gartens, und sieh, er hatte die Nacht überdauert mit all seinem Laub und seinen im Sprung erstarrten Tieren, aber er war, das sah ich nun, aus Stein. Dies war enttäuschend und doch auch wunderbar, denn wenn der Garten wirklich aus Stein war, wie anders als durch Zauber hatte er nächtlich zu leben vermocht? Und selbst dann, als ich in einer Nacht entdeckt hatte, daß jene Bewegung von Mondlicht und spielenden Schatten herrührte, die ein vom Nachtwind sanft angerührter Baum durch die hohen Fenster an die Zimmerdecke warf, selbst dann blieb das also Erforschte und Enthüllte wunderbar.

Als ich an jenem ersten Morgen wachlag, ehe noch die Dämmerung entschwunden war, vernahm ich Musik. Ich lauschte. Es war kein Lied, es war auch kein Orgelklang und nicht der vielstimmige Kirchen-Meßgesang, den ich kannte; es war ein kaum merklich an- und absteigender Gesang; bald sang nur eine einzige Stimme, bald sangen viele, aber alle auf demselben Ton; manchmal schien es mir, als hörte ich nichts als den Morgenwind und einen fern hinrauschenden Bach, so unaufhörlich und so gleichförmig war das, was ich vernahm. Ich eilte ans Fenster und öffnete es, und nun, da ich den Gesang deutlich hörte, erschauerte ich und wußte nicht warum; ich faltete die Hände und betete mein Morgengebet. Als der Gesang verstummt war, blickte ich, nun erst völlig erwachend, aus dem Fenster. Da lag ein Garten: weithin gedehntes Land, über sanfte kleine Hügel gebreitet, langsam abfallend bis zu der hohen

Mauer, die es rings begrenzte. Und ganz weit draußen, jenseits der Mauer, lag wieder Land, immer abfallend, unabsehbar weit, von blauem Morgenrauch verhängt; kein Haus und keine Straße, nichts als Wiese und Baum. Nie hatte ich so weites Land gesehen. Es roch so gut, es machte mich fröhlich und auf den Tag begierig. Ich lief an die Tür, hinter der meine Mutter wohnte, und rief. Allein die Mutter schalt und sagte: »Was fällt dir ein! Es ist erst fünf Uhr. Willst du wohl schlafen!« Da kroch ich in mein Bett zurück und sah zu, wie der Morgenwind in die Tüllvorhänge fuhr und sie zu Segeln blähte, die auf dem blauen Himmel dahin schwammen, und ich wartete ungeduldig darauf, daß man mich holte.

Das Wunderbare des Morgens setzte sich fort, als ich ins Frühstückszimmer kam. Ich betrat es allein und fand mich in einem Raum, den ich für eine Kapelle hielt, so hoch war er und gewölbt, und an der Wand hingen ein großes Kreuz und viele dunkle Bilder, aus denen mich bleiche ernste Gesichter streng ansahen, so daß ich verwirrt auf der Schwelle stehenblieb, bis man mich bemerkte und an den Tisch rief. Der Großonkel, der schon die Frühmesse gelesen hatte, stand dort und betete den Morgensegen, und ich mußte ein »Gegrüßt seist du, Maria« beten, laut und ganz allein; meine Stimme war so klein und unzulänglich in dem großen feierlichen Raum, daß ich plötzlich die längst vertrauten Worte vergessen hatte und meine Mutter, mit einem vorwurfsvoll betrübten Blick auf mich, das Gebet zu Ende sprechen mußte. Obwohl der weiß gedeckte Tisch köstliche, lockende Dinge trug: Butter, Honig und Milch, kleine weiße Brote und überzuckerten braunen Kuchen, so vermochte ich doch kaum zu essen vor unentwegtem Staunen und auch vor leiser Angst, weil jene bleichen, strengen Gesichter aus den Bildern auf mich blickten und auf das, was ich essen wollte.

Nach dem Frühstück ging der Großonkel ins Dorf, um Kranke zu besuchen. Die Tante und die Mutter gingen in den Garten, frisches Gemüse zu holen, und ich sollte sie begleiten. Allein von ihnen unbemerkt verließ ich sie, denn mich lockte das Haus. Vorsichtig öffnete ich eine der schweren dunklen Türen; dahinter war ein Wohnzimmer und weiter nichts. Im nächsten Raume stand ein Bett, das war auch nichts Besonderes. Es kamen noch mehrere Zimmer, die so waren, wie alle Zimmer sind. Nur ihr Geruch war fremd und streng, und an den Decken waren Gärten wie in jenem Zimmer, in dem ich geschlafen hatte, manchmal weiß, manchmal in zarten Farben, jeder wieder anders, und einer schien mir schöner als der andere. Alle Zimmer waren groß wie Kirchenschiffe, und in allen war etwas Unsichtbares, das mir gebot, leise zu sein. Auf einmal stand ich in einem Saal, in dem nichts war als in der Mitte ein runder glänzender Tisch und an der Wand ein Schrank, in dem ein Schlüssel steckte. Da ich ausgegangen war, alles zu erforschen, was sich mir bot, zögerte ich nicht zu öffnen. Es war sehr schwierig, den großen kantigen Schlüssel zu fassen und ihn im Schloß zu bewegen, doch als es gelungen war, fand ich, daß sich die Mühe lohnte, denn in dem Schranke stand ein goldner Kelch, wie ihn der Priester bei der Messe braucht. An diesem Kelche waren wunderbare leuchtende Steine, von goldenen Vogelkrallen und Löwenpranken festgehalten; an dem Schaft des Kelches wand sich eine ebenfalls goldene Schlange hoch, die einen Apfel im Rachen trug. Ich wagte nicht, das glänzende Wunder zu berühren, nicht den Kelch und auch nicht das Meßgewand aus Gold und bunt und weißer Seide,

ein Märchengewand, das, wie ich glaubte, dem Papst
oder dem König gehörte. Doch das Buch, das daneben
lag, schlug ich auf. Ich konnte zwar schon lesen, allein
das, was in diesem Buche stand, ließ sich um keinen
Preis entziffern, und die wenigen Bilder waren ver-
blichen; ein seltsames Buch, in dickes weißgelbes Leder
gebunden, mit einer goldenen Schließe, niemand, so
dachte ich bedauernd, kann lesen, was darin steht. Ich
hielt es für ein Zauberbuch und schloß es ehrfürchtig
wieder ein.

Der nächste Raum war noch größer und voll von Büchern, Rücken an Rücken, daß man die Wände nicht
mehr sah. Ich zog eines der Bücher, das ich erreichen
konnte, heraus. Es hatte einen goldbeschrifteten Rük-
ken. Ich vermochte darin zu lesen, und es ist wahr-
scheinlich, daß die Fünfjährige an diesem und an vielen
folgenden Tagen an den Schriften von Thomas von
Aquin, an Augustinus und an den »Anweisungen für
Beichtväter« sich im Lesen übte, ohne Schaden zu nehmen an ihrer Seele. Das Wunderbarste in dem Raum
war der Geruch nach Alter, Schweinsleder, Staub und
vergilbtem Pergament, ein ehrwürdiger verheißungs-
voller Geruch, der sich mir unverlierbar einprägte und
der, wo ich ihn jemals später wiederfand, ernsthafte
Sehnsucht nach Stille, Abgeschiedenheit und Weisheit
in mir weckte.

Als ich die nächste Tür öffnete, schrak ich zurück. Dieser Raum beherbergte eine Anzahl von grau verhüllten
Gestalten, die viel größer waren als ich. Eine Weile
stand ich ängstlich auf der Schwelle, zur Flucht bereit,
dann aber war meine Neugier größer als meine Furcht,
und ich trat leise unter die stillen grauen Gespenster.
Sie bemerkten und verscheuchten mich nicht. Plötzlich
faßte ich Mut, hob rasch eine Hülle und blickte dar-

unter. Ich sah eine Figur, in sanftes Blau gekleidet; das Kleid aber war aus Holz und die Figur selbst auch. Nun hob ich ernüchtert und ermutigt Tuch um Tuch und sah vielerlei Heilige. Eine Frau trug einen Kelch, aus dem Schlangen züngelten; ein Mann hielt einen Eimer unterm Arm und schüttete hölzernes Wasser auf ein hölzern brennendes Haus, das ganz klein neben ihm stand; das war Sankt Florian. Ein anderer trug ein Buch, auf dem drei Äpfel lagen, den kannte ich auch, es war der Bischof Nikolaus, der Kinderheilige. Ferner war da eine Frau, an deren Knien ein Wagenrad lehnte. Ein geflügelter Krieger zielte mit einem Speer auf ein bösartiges Tier, das zähnebleckend mit zornig gestelltem Schweife zu ihm aufsah. Ich ließ eine Weile alle Heiligen entblößt in der hellen Morgensonne stehen und fühlte mich friedlich wohl in ihrer lautlosen Gesellschaft. Dann bedeckte ich, so gut ich es vermochte, sie wieder mit ihren grauen Hüllen; plötzlich ängstigte ich mich von neuem vor den wieder Verhüllten und verließ rasch diesen Raum.

Dann kam ich in einen Saal, der so hell, so groß und so völlig leer war, daß sein Anblick mich bedrängte und erregte. Auf Zehenspitzen betrat ich ihn; wenn ein loser Fliesenstein, auf den ich trat, leise klickte, widerhallte der ganze Raum. Bald entdeckte ich, daß das graugrüne Steinpflaster in Muster gelegt war, und nun entzückte es mich eine geraume Zeit, diesen Mustern nachzugehen. Man konnte zum Beispiel immer einen Stein überspringen, oder man konnte rings um den Saal gehen auf der äußersten Reihe der Steine, dann auf der nächst inneren, und so auf immer kürzerem Wege, bis man in der Saalmitte stand, wo das Pflaster einen Kreis bildete, der zum Tanzen einlud. Aber dies waren die einfachsten Spiele. Man konnte sie erschweren, indem man von der Mitte aus ein Schneckenmuster ging, oder man konnte versuchen, mit geschlossenen Augen den geraden Weg von einer Ecke zur andern zu finden. Es gab zehn, zwanzig und vielleicht hundert Spielarten. Am schönsten aber war das Tanzspiel: sich in der Mitte der Rosette so lange und so wild zu drehen, bis man schwindlig war und umfiel. Dies war beinah sündhaft schön, etwa so, als tanzte man in einer Kirche. Als ich des Spieles müde war, lief ich an eines der vielen hohen Fenster, deren eine Reihe nach Osten, die andere nach Süden blickte. Ich sah einen weiten Gemüsegarten, ganze Felder voll von Gemüsen, und überall arbeiteten Klosterfrauen mit weißen Tüchern und großen gelben Strohhüten auf dem Kopf. Sie arbeiteten eifrig und ohne zu sprechen. Einige von ihnen trugen riesige goldene Kürbiskugeln zu einem Wagen. Es schien mir der Inbegriff von Glück, eine solche Frucht zu besitzen oder auch nur zu tragen, und von dieser Stunde an wünschte ich mir Jahre hindurch, Klosterfrau zu werden und in einem Garten zu arbeiten, in dem es solch pralle, strahlende Kürbiskugeln gab und in dem die Arbeit so still und feierlich getan wurde.

Von diesem Saale aus führte eine seitliche Tür in einen längs der durchschrittenen Räume laufenden Gang, der so lang war, daß er bergan zu steigen schien. An der Decke waren runde, verblaßte Bilder mit seltsamen Inschriften. Da war zum Beispiel ein rotbraunes Bild: ein Baum, darunter Schlangen, und dabei stand auf einem Spruchband:

> Der Schatten allein
> schon tödlich kann seyn.

Das war ein rätselhafter Spruch. Verstehen konnte ich ihn nicht, aber er eignete sich als Text zu einem Lied, und einige Tage lang sang ich also: »Der Schatten

allein . . .« Als man mich befragte, was für sonderbare
Worte das seien, kam es an den Tag, daß weder Großonkel noch Tante noch Mutter diesen Spruch entdeckt
hatten; dies entzückte mich.

Am Nachmittag nahm mich der Großonkel an die Hand
und sagte: »Nun wollen wir uns alles besehen.« Er
führte mich von Raum zu Raum; ich sagte nichts davon,
daß ich das Haus bereits allein durchforscht hatte auf
meine eigene Weise. Durch jenen Raum, in dem die
vielen Bücher waren, führte er mich ganz rasch und ließ
mich nicht verweilen. »Hier sind nur Bücher, Bücher
ohne Bilder«, sagte er und ahnte nicht, daß es gerade
diese Bücher waren, die mich lockten. Ich erfuhr, daß
jeder Raum seinen eigenen Namen hat: Bibliothek, Be-
nediktensaal, Magdalenensaal, Jagdsaal, Fürstensaal —
prunkvolle, feierliche Namen. Ich erfuhr auch, daß die
schönen Tische, Schränke, Stühle und Bilder, die einst
hier waren, an einem Tage, der schon länger als hundert Jahre zurücklag, von wilden Männern zerschlagen,
verbrannt oder fortgeführt worden waren.

Wir gingen auch in den Garten, den ich am frühen
Morgen vom Fenster aus gesehen hatte. Der Großonkel zeigte mir da und dort im hohen Grase Reste von
Mauern, graue ragende Säulenstümpfe, gestürzte
bleiche Pfeiler und zerfallene Steintreppchen, die auf
der freien Wiese begannen, ein Stück weit über einen
Hang führten und plötzlich unter einem Strauchdickicht
verschwanden oder in einer überwucherten Grube versanken. Von einer solchen Grube sagte Großonkel Felix, man erzähle, daß hier ein unterirdischer Gang be-
ginne, der viele Stunden weit unter Wiesen und Wäldern bis zum nächsten Kloster führe, aber niemand
könne heute auch nur fünf Schritte weit eindringen,
ohne verschüttet zu werden. Zuletzt zeigte er mir mit-

ten in einer Wildnis von hohen Kräutern, von Brombeerranken und Farn den Rest eines Kreuzganges, der so alt, so verwittert, so nahe dem völligen Verfall war, daß ihn nur das Geflecht von Beerenranken und Kletterrosen, das ihn dicht überzog, in seinem Gefüge hielt. Wir setzten uns auf einen Stein, und der Großonkel erzählte mir, daß da, wo diese grauen Säulen und diese alten Mauern waren, einst Kirchen und Altäre, Portale und Türme gestanden hatten und daß schon tausend Jahre darüber hingegangen waren, seit hier ein frommer König den ersten Stein zum Kloster legen ließ. Tausend Jahre. Ich schauderte. Und dann, so sagte der Großonkel, seien viele Feinde gekommen, Soldaten, wilde Horden, und auch das mächtige Feuer und die Zeit, die alles langsam, ganz langsam wieder hinwegnimmt, was Menschen geschaffen haben; so sei von dem einst stolzen weitläufigen Kloster nichts geblieben als diese Steine und jenes Geviert von Mauern, in dessen einem Flügel wir wohnten. Als er mir dies erzählt hatte, schwieg er, und wir saßen so still, daß ich das leise, leise Rieseln im mürben Stein zu hören vermochte; es war seltsam zu erleben, daß etwas, das man sah und greifen konnte, langsam und unaufhaltsam zerfiel. Der Großonkel dachte seine eigenen Gedanken, und ich wandte die meinen bald auf die schwarzen Brombeeren, die grausilbern betaut und überreif, von niemand gepflückt, in schweren dichten Büscheln an den Ranken hingen; ich begann davon zu essen und fand auch bald im Grase unter einem Baum in der Nähe die Salzburger Birnen, deren Schale grasgrün und wenig einladend, deren Fleisch aber feigenrot, zuckersüß und saftig war. Ich war glücklich und wußte nichts mehr von dem flüchtigen Hauch des Zerfalls und der Vergänglichkeit, der mich gestreift hatte.

Weihnachten, Nikolaustag und Ostern, das sind die Festzeiten der Kinder. Ich war ein Kind und liebte den Duft und Schimmer des Christbaums, die warme Dunkelheit des ausschwingenden Jahres, das Suchen der bunten Eier im frühlingsfeuchten Garten. Das Fest aber, das mir über allen stand, fiel in den Frühsommer und war ein Fest der Kirche: Fronleichnam. Es brachte keine Geschenke und war nicht eigens für die Kinder da; es hielt sich in einem reineren Abstand. Ich hatte in der Religionsstunde gelernt, daß es für Gott war, um ihn im »Sakramente des Altares« zu ehren. Das »Sakrament«, das war das funkelnde, zart verschleierte Goldgehäuse, das der Priester trug. Darin, so hatte man mir gesagt, war Gott. Ich glaubte es inbrünstig, wenn ich daran dachte. Es schien mir keineswegs verwunderlich, daß Gott sich in einem so kleinen Brote verbarg. Auch in den Märchen geschahen derlei Verwandlungen: ein Frosch ist plötzlich König, ein Totenknöchelchen ist eine Flöte. Auch die so harmlos aussehenden Dinge, Pflanzen, Tiere und Menschen, die täglich mich umgaben, besaßen die verwirrende Fähigkeit zu täuschen: ein kleines rötliches Holzstäbchen, das man vertrauensvoll in die Hand nimmt, beginnt eilig wegzulaufen und ist ein Käfer; ein Mensch, der einem in der Dunkelheit begegnet, erstarrt zu einem Weidenstrunk. Keine Form war ein für allemal festgelegt, jedes Ding besaß vielerlei Gestalt, nichts war sicher, endgültig, einfach. Ich gewöhnte mich leicht daran, dieser gefährlichen Wandelwelt mit einer entzückten Vorsicht mich zu nähern, ja ich lernte bald selbst zaubern, nach Belieben meine Gestalt wechseln: im Wasser war ich ein Fisch, im Wald ein laubblättriges Wesen. Wenn solcher Spuk geschehen konnte, dann war es auch möglich, daß Gott sich in Brot verwandelte. Es fiel mir leicht, an diesem Tage fromm zu sein. Das Fest begann mit dem ersten Axthieb, der zwei Tage vor Fronleichnam aus den Flußauen schallte: junge Birken wurden geschlagen und an Wegrändern und Hauswänden aufgepflanzt. Am Vorabend des Festes wurden an vier Plätzen des Orts Bretter und hölzerne Sockel zu Altären im Freien gefügt. Der Klosterhof war lebendig wie nie sonst im Jahr: die Nonnen hämmerten an ihrem Altar, der vor dem Hauptportal aufgestellt wurde; sie kehrten die Wege, mähten das Gras an den Wegrändern und schnitten die Hecken. Weltlich geschäftig, doch wie unter einer gläsernen Glocke von Stille arbeiteten sie. Kinder liefen im Dorf umher, sonderbar und lächerlich verändert durch waagrecht und steif vom Kopf abstehende oder zu kleinen harten Nestern und Wickeln aufgedrehte Zöpfchen, die metallisch glänzten. Man hatte sie mit Butter oder Bier beschmiert, damit sie straff wurden. Am Festmorgen wurden sie gelöst und mühsam ausgekämmt. Dann fielen sie in strengen, strähnigen Locken nieder. Diese feierliche Haartracht verlieh den Kindergesichtern für einige Stunden den starren Ernst ägyptischer Plastiken. Meine Haare waren von Natur kraus und gelockt, darüber aber war ich nicht froh, denn die Qual des Zöpfchenflechtens, der die andern Kinder unterworfen waren, erschien mir nötig, war ein Opfer, gehörte zum Kult.

Zu zweien zogen am Vortag die Mädchen aus, um große Körbe voll Salbei und Wucherblumen, Klee und entblätterten Pfingstrosen zu sammeln, die während der Prozession auf den Weg gestreut wurden. Da ich keine Einheimische war, gehörte ich nicht zur Dorfgemeinschaft und wurde nicht mit Blumenpflücken beauftragt. Ich stand am Fenster und sah die Dorfmädchen in den blühenden Wiesen untertauchen. Auch dieses Zusehen war schön und war eine Form tätiger Anteilnahme.

Am Fronleichnamsmorgen weckte mich das vielstimmige Geläut vom Turm der Klosterkirche. Niemand wußte, daß ich an diesem Tage von vier Uhr an am offenen Fenster saß, in ein Tuch gehüllt, frierend und selig. Mit nichts vergleichbar war die Schönheit dieser Morgenfrühe. Die Nonnen waren wach und schon im Hof. Sie breiteten rote Tücher und Teppiche aus und streuten frisch gemähtes Gras auf die Wege. Einige standen im Blumengarten und schnitten Pfingstrosen, Kaiserkronen und Iris, taufeucht, manche erst am Vorabend erblüht. Im Gebüsch standen die jungen Novizen. Sie griffen in das nasse duftende Blütengewirr des Jasmin und brachen Zweig um Zweig. In der Ferne krähten Hähne, als seien es nicht sie, die man kennt, die gierigen Anführer der Hühnerhöfe, sondern fremde Vögel, die früher als die andern den Tag verspüren und besingen.

Nie konnte ich, so sehr ich mich darum bemühte, die Stufen des Tagwerdens erkennen — ein wenig lichtes Grau am Himmel, ein paar Vogelrufe, und schon war es Morgen, schon streifte Sonnenschein die Giebel. Der Zauber der kalten, gläsernen Frühe war dahin.

Die Nonnen eilten in die Kirche, und ich konnte hören, wie sie den Morgenchoral sangen. Mochte nun der Tag werden wie er wollte — ich hatte ihn in seiner schönsten Stunde belauscht.

Im Innersten meines Herzens, beinahe vergessen, hockte ein Rest von Mißtrauen gegen das Fest, seitdem es mich einmal sehr unglücklich gemacht hatte.

Ich war sieben Jahre alt. Ich weiß das ganz genau, denn

ich durfte zum erstenmal in den Reihen der Schulkinder an der Spitze der Prozession gehen, nicht mehr wie bisher an der Hand der Mutter zwischen den dunklen, murmelnd und leiernd betenden Frauen am Ende des Zuges, dort, wo schon keine rechte Ordnung und Feierlichkeit mehr war, wo Kinder, die kleiner waren als ich, laut und unverständig plapperten, wo bald dieses, bald ein anderes greinte und müde war, auf den Arm genommen oder hinter einen Busch geführt werden wollte und Mütter einander verständnisvoll und nachsichtig zunickten. Schon als ich sechs Jahre alt gewesen war, hatte ich die Zumutung, hier bei Knirpsen mit nassen Hosen untergebracht zu sein, als tief entwürdigend empfunden. Einzig mit der Zusage, es sei das letztemal, hatte man mich zum Mitgehen überreden können. Während der Prozession tröstete mich ein Strauß Alpenveilchen, den ich trug und den ich unverwandt ansah und beroch, über das Unzulängliche meiner Umgebung hinweg.

Genau ein Jahr später aber waren Blumen bei der Prozession Anlaß zu großer Kümmernis.

Am Vorabend des Festes ging ich mit meiner Mutter in den Garten, um den Strauß, den ich tragen sollte, zusammenzustellen. Wir gingen sehr wählerisch dabei zu Werke, denn meine Mutter meinte, für den lieben Gott sei das Schönste noch kaum gut genug. Mit dieser geistlichen Absicht verband sich ihr eine recht weltliche: den schönsten Strauß von allen sollte ihr Kind tragen. — Vergißmeinnicht erschienen ihr zu gering im Wert; Maiglöckchen waren schon verblüht und hingen pergamenten gelb an ihren Stengeln; Goldlack roch zwar verlockend, aber war dies Jahr ein wenig zu sehr ins Kraut geschossen, und die Blüten standen spärlich; Pfingstrosen blätterten zu leicht ab; lange standen wir vor dem Schwertlilienbeet; die großen, dunkelviolett gefleckten Blüten gefielen uns sehr, und schon hatte meine Mutter die Schere an einen der hohen Stengel gesetzt, da zögerte sie und fand, Schwertlilien seien eigentlich Sumpfpflanzen, bedürften vieler Feuchtigkeit und welkten allzu rasch, wenn sie geschnitten und in heißen Händen getragen würden. Ich hatte mich schon, leicht ungeduldig, kurz zu großen veredelten Margueriten entschieden, die zwar nicht kostbar, aber dafür kräftig und unempfindlich waren, als meine Mutter, die suchend den Garten durchwandelt hatte, eine halberblühte Lilie fand. »Willst du sie?« fragte meine Mutter; ich rief rasch entschlossen ja und schaute zu, wie die Schere das grüne saftige Fleisch zwischen ihre blinkenden kalten Messer nahm. Aber noch ehe der Stengel durchschnitten war, schrie ich: »Nein, nicht!« Doch schon sah ich ihn sinken und fallen. »Was hast du?« fragte meine Mutter erstaunt. — »Nichts«, sagte ich leise und wußte nicht, warum ich auf einmal traurig war. Wir gingen ins Haus. Die Lilie wurde in einen hohen gläsernen Wasserkrug gestellt und in den Jagdsaal getragen, denn dort war es sehr kühl.

Tief in der Nacht erwachte ich. Ich hatte geträumt, doch war mir der Traum entglitten und hatte nichts zurückgelassen als eine unbestimmte Schmerzempfindung, die wie eine dunkle Welle mein Herz umspülte. Es war ein Gefühl von großer Trauer, dem ich hilflos preisgegeben war, da ich seine Ursache nicht kannte. Ich spürte, daß ich im Traum geweint hatte und im Wachen weiterweinte. Ich besann mich, ob ich etwas Böses getan hatte am Tage: hatte ich etwas zerbrochen oder verloren und es nicht gestanden? Nichts war mir bewußt. Wäre ich etwa fünf Jahre älter gewesen, so hätte ich aus einer Reihe ähnlicher Erfahrungen heraus diese scheinbar grundlose Trauer zu deuten vermocht als Vorahnung eines schlimmen Tages, der seinen Schatten in meinen Traum vorauswarf, mich zu warnen, als einen bitteren Vorgeschmack künftiger Tränen. Allmählich fühlte ich, wie mein Schmerz sich verdichtete und bestimmter wurde, und als ich eine letzte heftige Anstrengung meiner Erinnerungskraft gemacht hatte, stand das Bild meiner Lilie vor mir. Ich stieg aus dem Bett, schlüpfte in meine Schuhe, legte ein Tuch um und schlich durch das Zimmer, das neben dem meiner Mutter lag. Der Boden knarrte zwar, und die Türe schnappte mit einem Knacken ins Schloß, doch hatte niemand es gehört.

Ich stand an dem einen Ende des hundert Meter langen gepflasterten Ganges, der längs der bewohnten Zimmer und Säle lief und an dessen anderem Ende der Eingang zum Jagdsaal lag. Der Gang war nicht vom Mond, der in der östlichen Himmelshälfte stand, erhellt. Seine Fensterflucht lag nach Westen, doch gab das jenseits des Klosterhofes liegende, kräftig beglänzte weiße Gebäude einen dämmerigen Schein, in dem ich die alten Landkarten und Stiche an den Wänden unterscheiden konnte. In den tiefen Fensternischen aber lag ein unbestimmtes Dunkel, das vielleicht gefährlich war. Die alten Pflastersteine, die nur lose in ihre Unterlage eingefügt waren, verschoben sich und klickten leise unter meinen Tritten. Endlich stand ich vor dem Jagdsaal. Ich öffnete die Tür und fand mich mitten in einem wunderbaren Lichtsee. Die Saalfenster standen offen; breite sanfte Flüsse von Mondschein strömten herein. Draußen lag der Garten. Baumwipfel schwammen wie Inseln, wie Rücken dunkler Tiere still im Licht. Auf einem großen Blumenständer, der wie eine breite achtstufige Treppe war, die nirgendwohin führte, standen Topfpflanzen. Meine Lilie war nicht bei ihnen. Da sah ich sie in einer Fensternische auf dem Boden stehen, von Licht überstürzt. Sie schien aus dem Glas zu wachsen; Glas und Lilie waren aus demselben Stoff, aus flüssigem, in der Nachtkühle gefrorenem Licht. Die Blüte war leicht geneigt von ihrer Schwere. Ich sah, daß sie kaum merkbar schwankte. War es der Nachtwind, der sie berührte? Ich trat näher. Ein süßer, schwerer Duft entströmte dem leuchtenden Kelch. Wieder sah ich ihn erzittern. Das Beben rann über Stengel und Blätter. Ich sah die Blüte heftiger schwanken, beinahe leidenschaftlich geschüttelt. Da löste sich etwas Dunkles schattenhaft aus dem Blüteninnern, verweilte einen Augenblick schwebend über dem untersten Blütenblatt, streifte zärtlich, wie mir schien, an ihm entlang, verließ still den Kelch, breitete dunkle Flügel aus und entschwand in den Park. Ich stand atemlos, Zeuge eines Geheimnisses. Welches fremde Wesen hatte die weiße Blume heimgesucht? Ich wußte nichts von Nachtfaltern, die Lilien lieben. Klopfenden Herzens trat ich ganz nahe. Auf dem Blütenblatt, das der geflügelte Gast eben verlassen hatte, schimmerten helle Tropfen. Waren es Tränen? Neugier und Scheu hielten eine Weile sich in mir die Waage, ehe ich meine Finger in den Kelch legte, um das Feuchte zu befühlen. Es klebte ein wenig, es fühlte sich an wie Öl, es duftete. Es schien mir kostbar. Ich dachte, man könne vielleicht noch mehr davon aus dem weißen Kelche gießen. Ich hob die Blüte ein wenig hoch; meine Hände erschraken, denn sie fühlte sich ungewohnt an: wächsern, kalt und leblos. Trotzdem hielt ich sie; nun stand sie so, daß das Licht des Mondes durch den Kelchgrund brach und, vermischt mit einem Widerschein vom Grün der Pflanze, sich aus der weitgeöffneten Blüte ausgoß, als besäße die Linie eine eigene starke

Leuchtkraft. Bald aber ließ ich sie wieder sinken, denn ich fühlte, daß sie mir nicht zugetan war.

Doch bannte sie meinen Blick. Ich wurde nicht fertig damit, sie anzusehen. Ich kniete mich vor die Blume und schaute in ihren geneigten Kelch. Mir schien, er sei tief und man könne durch ihn hindurchsehen wie durch ein Fernrohr, das man aber nicht gegen den Himmel richtete, sondern gegen ein tiefes dunkles Wasser.

Plötzlich kam sie mir vor wie eine Trompete. Es lag etwas Heftiges, ja Gewaltsames darin, wie die Blüte aus dem Stengel drang. Sie tat es so ungestüm, daß sie von ihm noch Grünes mitriß, das nun an ihr hing und erst an den Blattspitzen sich ins reine strahlende Weiß verlor. Ich erwartete, daß diese Trompete einen durchdringenden metallenen Ton ausstoße.

Dann aber erschien sie mir wieder ganz sanft, als gleite sie still aus dem Stengel. Ich dachte, ob man etwa sie noch länger und länger ausziehen könne, ob im Stengel verborgen noch mehr Blühendes stecke; aber ich wagte keine Berührung mehr.

Mit einemmal nahm gerade dieses Gleiten, das so sanft und harmlos schien, etwas Unheimliches an. Die Blüte erschien mir wie der Kopf einer weißen Schlange, deren Leib schillernd in der grünen Stengelröhre lang ausgestreckt liege, bereit, aufzuschnellen und zu töten. Dieser Eindruck des Unheimlichen, Gefährlichen, Feindlichen wurde sehr mächtig in mir; ich dachte: die Lilie ist giftig. Gegen alles, was giftig ist, war mir ein zwiespältiges Gefühl angeboren. Ich fürchtete Schlange, Tollkirsche, Schierling und Orchidee, und doch konnte ich die Begierde, sie zu berühren und alle Gefahr auf mich zu nehmen, kaum bezwingen.

Der Mond wanderte seinen Weg am Himmel. Streifen um Streifen Helle ertrank im Schatten. Auch die Lilie erlosch. Nun konnte ich mich von ihr lösen. Unhörbar, lose Pflastersteine vermeidend, schlich ich in mein Zimmer und versank in einen tiefen Schlaf.

Als ich am Morgen ins Eßzimmer trat, stand die Lilie schon auf dem Tisch. Ich erschrak freudig, dann aber befiel mich Ernüchterung, denn mir war, als hätte die Blume nichts zu bewahren vermocht in ihrem leeren, belanglosen Gesicht von den geheimen Verwandlungen der Nacht. Ich nahm, ohne zu erschrecken, sie in meine Hand; sie war kühl und glatt, eine Pflanze, sonst nichts. Ich ging mit ihr zur Kirche.

Da aber begann mein Leiden. Ich schritt durch die Reihen der Kinderbänke, um in der ersten meinen Platz zu finden. Da sah ich, daß kein Kind außer mir Blumen trug. Die Mädchen stießen sich mit den Ellbogen an und kicherten. Meine Nachbarin flüsterte hämisch: »Du mußt immer was andres haben als wir.« Ich sah hilflos um mich. Ein größeres Mädchen riet wohlwollend: »Wirf's weg, wirf's unter die Bank!« Ich schaute starr nach vorne, auf meine unglückselige Lilie. Ich konnte nicht übersehen, daß sie schön war. Ein trotziges Gefühl überkam mich, das fast Liebe zu meiner Lilie war. Doch war die Versuchung, sie wegzuwerfen, mächtig lockend. Einen Augenblick war ich fest entschlossen, sie einfach fallen zu lassen. Schon lockerte sich der Griff meiner Hände. Da erschien mir das Bild meiner Mutter, wie sie, erfreut darüber, das Schönste für mich gefunden zu haben, die Lilie abschnitt. Eine Empfindung dankbarer Liebe flog durch mich und schien mich endgültig an meine Blume zu binden. Aber stärker und stärker spürte ich die verachtenden Blicke der Mädchen, eine Welle stummen Spottes brandete gegen mich. Würfe ich die Lilie unter die Bank, so wäre ich erlöst. Die Messe, die der Großonkel feierte, hatte begonnen und nahm ihren Fortgang; die Orgel brauste, Weihrauch und Birken verströmten eindringlichen Wohlgeruch. Verzweifelt suchte ich nach einem Gebet. Aber mein Herz war verödet. Endlich erschien mir ein Ausweg aus meiner Qual. Ich dachte: Wenn der Großonkel nun auf die rechte Seite des Altares geht, werfe ich sie weg; geht er auf die linke, so behalte ich sie. Aber er blieb in der Mitte, und ich bemerkte, daß er schon das letzte Gebet verrichtete. Damit wurde der Entschluß von neuem auf mich allein gelegt. Allerdings wurde er zunächst verzögert, denn die Kinder verließen die Kirche, um sich zur Prozession aufzustellen. Ich fand keine Zeit mehr, nachzudenken. Schon bewegten wir uns langsam unter wehenden Fahnen durch den Klosterhof, verließen das Dorf und zogen auf einer schmalen Straße zwischen hoch blühenden Wiesen über die Hügel. Nun aber fielen meine Blicke von neuem auf die Lilie.

Bei jedem Schritt, den ich machte, nickte sie, schnell oder langsam, in lächerlicher Abhängigkeit von mir. Da riß ich das unterste Blatt vom Stengel und ließ es aus meinen Händen gleiten. Es fiel in den Straßenstaub. Ich trat nicht darauf. Nun aber war die Entscheidung gefallen. Ich sah und hörte nicht mehr; ich wünschte nicht mehr nur, die Lilie beseitigt zu haben, sondern ich brannte darauf, sie zu zerstören, nach und nach. Ich riß ein Blatt nach dem andern ab, erst mit Neugierde und Spannung, dann besessen, grausam, wollüstig, bis ich den nackten Stengel hielt. Er war nun wirklich wie eine Schlange: glatt und schlüpfrig. Er hatte böse klaffende Bruchstellen. Ich knickte, um zu versuchen, ob ich es könnte, ein Stück des Stengels ab. Lächerlich traurig hing nun die Blüte herab. Sie aber war herrlich unversehrt. Ich hob sie in die Höhe, abschiednehmend. Die

Kinder beteten: »Gegrüßt seist du, Maria.« Wie die Blüte duftete! Jemand stieß mich an: »Bet doch mit!« Ich versuchte es, aber ich hörte und verstand meine Worte bald nicht mehr. Mein Blick war wie in der Nacht gebannt von meiner Lilie. Mir schien, es schaue ein fremdes Wesen mich an aus der Tiefe des leuchtenden Kelchs. Wie die Staubfäden züngelten aus dem wassergrünen Schlund! Ich kniff ein Staubgefäß ab. Ein wenig goldner Staub fiel heraus. Dann riß ich auch die übrigen ab. Nackte grüne Fäden hingen aus dem Kelch. Ich griff tiefer. Es war geheimnisvoll böse, dies zu tun; es war ein Raub, ein schamloser Einbruch. Der Stempel brach, streifte im Fallen meine Hand, Öl tropfte aus der verletzten Narbe. Ein Blütenblatt fiel, der Kelch lag offen. Mit jedem Blatte löste sich auch ein Staubfaden. Ich behielt alles Abgelöste in meiner Hand. Noch hingen zwei Blütenblätter am Stengel, schön und traurig wie weiße Falter, denen eine rauhe Hand den feinen Farbschmelz abgestreift hat. Die Adern traten nackt und hart vor, die Blütenränder waren braun, welk, zerknittert. Der Fruchtknoten starrte mich an. Ich ritzte ihn mit dem Fingernagel. Kleine grüne Samen lagen darin, feucht, ölig. Lilienöl, dachte ich. Das Wort hatte einen fremden, kostbaren Klang. Einige Augenblicke lang schien es mir, als wiege die Bekanntschaft mit diesem wunderbaren Worte »Lilienöl« alle Marter der vorhergegangenen Stunden auf.

Meine Hände führten nun ihr Werk zu Ende; Blütenblätter und Staubfäden lagen in meiner Hand, ich drückte sie zusammen; der Stengel knirschte; Tropfen eines grünlichen Saftes rannen über meine Finger. Dieser Saft duftete nicht mehr, wie es die Blüte getan hatte; er roch widerlich, giftig. Ich preßte meine Hände stärker aufeinander. Ich fühlte, wie nach und nach jeder

Widerstand der Pflanze schwand, bis ich nur mehr
Fetzen von etwas ehemals Lebendigem hielt.

Plötzlich rührte sich das Totgeglaubte in meinen Händen. Ich öffnete sie erschrocken. Das Zerknüllte richtete
sich auf zu einem letzten anklagenden Widerstand. Mit
abgewandten Augen zerdrückte ich es noch einmal und
stärker. Noch aber hielt ich es, noch war es da.

An einer Wegbiegung ließ ich es fallen. Nun waren
meine Hände leer. Mäler von dem grünlichen Safte
waren verblieben.

Ich kam zu mir. Lust, Qual und Bosheit fielen von mir
ab. Ich war ernüchtert und begriff nicht mehr, was ich
getan hatte. Ich bemerkte, daß meine Lippen die Worte
des Gebetes mitsprachen, und ich sah, daß die Spitze
der Prozession eben in den Klosterhof einbog. Das Fest
war zu Ende. Ich ging nach Hause.

Der fremde Knabe

Die Jahre meiner Kindheit gingen still und unmerklich
hin, behütet von ehrwürdigen Mauern, besonnt von der
Altersgüte des Großonkels und der Tante, durchweht
von Bücher- und Gärtenduft und, ehe man es merkte,
schon geformt von Stille, Schönheit, Frömmigkeit und
Einsamkeit. Ich besuchte die Klosterschule; Kinder versuchten sich mir anzuschließen, ich selbst wünschte mir
manchmal Gefährten, aber ich war schon zu sehr anders, stiller, wissender als die Gleichaltrigen, als daß
ein Versuch der Freundschaft wirklich hätte glücken
können.

Eines Tages im Sommer, als ich etwa acht Jahre alt
war, machten Mutter, Großonkel, Tante und ich einen
Spaziergang durch die ausgedehnten Flußauen. Als wir

uns auf dem Heimwege befanden, lockte mich ein
Strauch mit reifen Himbeeren, so daß ich hinter den
Erwachsenen zurückblieb. Auf einmal sah ich, daß das
Laub an einem nahen Busch sich regte, obwohl kein
Wind zu spüren war. Es konnte ein Reh sein, das ich
aus seinem Versteck aufgeschreckt hatte. Da aber sah
ich das Gesicht eines Knaben, lebhaft überspielt von
tanzenden Lichtflimmern und Blätterschatten. Nur
einige Augenblicke lang nahm ich es deutlich wahr,
dann senkten sich die Zweige, und nichts war da als
Laub und Astwerk. Ich blieb erwartungsvoll stehen,
bis mich ein mahnender Ruf der Mutter holte. Ich
folgte langsam. Indes ich ging, hörte ich, daß mich die
Schritte des Unbekannten begleiteten, verborgen vom
dichten Gebüsch, verraten nur von einem fortlaufenden
leisen Hinwehen und Knistern im Laub. Blieb ich stehen, stand auch er. Lief ich, so lief auch er. Am Rande
der Auen erst, wo schon das Dorf begann, blieb er zurück, und ich hörte ihn mit weiten Sprüngen in das
Auendickicht zurückkehren.

Die Begegnung hatte mich erregt. Viele Tage dachte
ich nichts als an den Unbekannten. War er Freund oder
Feind? Ein Zigeunerjunge? Ein Wesen halb Mensch,
halb Waldtier? Ein verzauberter Prinz? Ich mußte ihn
wiederfinden. Eines Nachmittags im hohen Sommer
machte ich mich auf, ihn zu suchen. Ich drang in das
Gestrüpp ein, fand schmale Wege, verlor sie wieder,
hörte Wasser gluckern, unter meinen Füßen, ritzte mich
an Dornen, schrak vor unbekannten schwefelgelben
Pilzen zurück und vor dem Schrei eines auffliegenden
Raubvogels, und stand endlich vor einem fast verlan-
deten Altwasser. Auf einem Steinblock im Wasser in
der Nähe des Ufers, doch nicht mit der Hand und nicht
durch Waten erreichbar, lag ein gebleichtes Schädel-

chen von einem Hasen oder einem jungen Reh, bekränzt mit frisch gepflückten Schilflilien, ein seltsames und rührendes Denkmal. Es konnte nur von dem Waldknaben errichtet sein. Ich war auf seiner Spur. Ich drang weiter durch den Auenwald, und bald mehrten sich die Zeichen der Nähe des seltsamen Geschöpfes. Ich fand silbrige Muscheln angehäuft in einer Baumhöhlung, ich sah eine glänzende papierdünne Schlangenhaut auf einem Stabe aufgestellt und rötliche Steine im Kreis darumgelegt, ich sah eine niedrige Hütte aus grobgeflochtenen Binsenmatten, groß genug, ein Kind zu bergen. Endlich fand ich mich auf einem ausgetretenen Pfade, der an den Fluß führte. Da hing ein Fährkahn am Ufer, und auf seinem Boden ausgestreckt lag schlafend ein brauner Knabe. Ich zweifelte nicht daran, daß er der Gesuchte war. Ich setzte mich auf die Uferböschung, ängstlich zwar, doch fest entschlossen, mit ihm zu sprechen. Lange saß ich da. Die Sonne brannte, das Fährseil knarrte, der Fluß rauschte, stark dufteten Schilf und Wiesenheu. Plötzlich bemerkte ich, daß die Lider des Knaben sich einen schmalen Spalt weit gehoben hatten. Dunkle, glänzende Augen blickten scharf auf mich. Nach einer Weile schnellte der Knabe wie ein Fisch aus dem Boot ans Ufer, sprang an mir vorüber und winkte mir, zu folgen. Er entschwand in ein Gebüsch, ich kam zögernd nach. Da streckte sich ein brauner Arm aus dem Laub und deutete auf das leuchtend rote Band, das ich an diesem Tage um meine Zöpfe geschlungen hatte. Ich verstand die Gebärde, löste das Band und legte es in die fordernde Hand. Sie zog sich zurück, und bald trat der Knabe aus dem Busch. Er trug das Band wie einen Gürtel um seinen Leib. Nun kletterte er mühelos auf einen Baum und winkte mir. Ich konnte klettern, und bald saß ich gleich ihm auf dem Baum. Da begann er den Wipfel heftig hin und her zu schaukeln. Ich hatte Angst und blickte zu ihm auf, ihn zu ermahnen. Da sah ich, daß er nicht mehr saß, sondern auf einem dünnen Aste stand. Er lachte und war prächtig anzusehen, und nun lachte auch ich, bezwungen von seiner wilden Lust. Darauf ließ er sich an dem Stamme lautlos zur Erde gleiten, und ich folgte ihm. Wir gingen ans Flußufer zurück und setzten uns. Der Knabe blickte scharf auf die besonnten Steine, griff plötzlich zu und hielt eine Blindschleiche in der Hand. Er steckte sie in den Halsausschnitt seines Hemdes, ließ sie an seinem Körper hinabgleiten und fing sie über seinem Knie wieder auf. Dann reichte er sie mir. Er blickte erwartungsvoll, begierig und zugleich höhnisch auf mich. Ich zögerte, da ich das kalte, glatte Tier in meiner Hand sich winden fühlte. Ich empfand Grauen. Dann aber unterwarf ich mich. Ich ließ die Blindschleiche in mein Kleid kriechen und spürte sie mit Schaudern auf meiner warmen Haut. Doch endlich war auch dies überstanden, und ich hielt das Tier wieder in meiner Hand. Ich reichte es dem Knaben, und er gab es frei. Dann standen wir auf. Ich begriff, daß ich erprobt worden war und bestanden hatte.

Nun sprach er mit mir in einer fremden, wohlklingenden Mundart. Er sagte: »Kannst du Flöten schnitzen?« Ich verneinte. Er schnitt einen Ast von einer Weide, bohrte Löcher hinein und begann zu blasen, erst prüfend den und jenen Ton, eine Tonleiter und schließlich ein Lied. Die Flöte klang nicht rein, aber sie klang traurig und schön. Er schenkte sie mir. Dann fragte er: »Kannst du zaubern?« Ich konnte es nicht, ich hatte es nie versucht. Er sagte: »Wenn dir einmal einer etwas Böses antut und du willst dich rächen, dann

mußt du es so machen.« Er hob ein leeres Schneckenhaus auf. »Da hinein legst du drei Haare von dem Menschen und läßt eine Schlange darüberkriechen. Dabei
mußt du den Namen aussprechen. Dann wird der
Mensch von einer giftigen Schlange gebissen und muß
sterben.« Ich war bestürzt und wagte einen Einspruch:
»Aber das darf man doch nicht! Das ist doch gegen das
fünfte Gebot.« Er sah mich verständnislos an. Ich erkannte, daß er nichts von den Geboten wußte, die mein
Leben leiteten, und ich begann schaudernd zu ahnen,
daß dieser Knabe einer Welt zugehörte, die ich nicht
kannte, die ich nicht kennen durfte, die gefährlich, wirr
und dunkel war. Ich dachte an das Kloster, an den
Morgengesang der Nonnen, an meine kleinen frommen
Gebete, an Maß und Ordnung meines Lebens, und
plötzlich sah ich dies alles beiseitegeschoben, von einem
erstaunten Knabenblick entkräftet, entwertet, verworfen. Dafür aber bot sich mir der Zugang zu einer neuen
Welt, die unsicher, fremd und mir verboten, aber voll
Kraft und Leben, voll Farbe und heißer Lockung war.
Inzwischen aber hatte es begonnen zu dämmern, ich sah
es mit Schrecken. »Ich muß jetzt gehen«, sagte ich. —
»Warum?« fragte der Knabe. — »Ich muß beim Abendläuten zu Hause sein.« — »Warum mußt du?« Ich
konnte es nicht sagen. Es war ein Gebot, dem ich blind
gehorchte. »Wo bist du zu Hause?« fragte er. — »In
Sankt Georgen, im Kloster. Und du?« Er deutete mit
einer weiten, unbestimmten Gebärde auf den Auenwald, auf den Fluß, auf die Waldhügel jenseits des
Wassers. »Wo ist euer Haus?« fragte ich. Er schüttelte
den Kopf und wiederholte seine Gebärde und lächelte,
als wollte er sagen: dies wirst du nie begreifen. Ich aber
begriff und beneidete den Heimatlosen, den Schwei-
fenden, den Wildling. »Bleib bei mir«, bat er. Ich er-

31

bebte vor dieser Lockung, ich erschrak vor meiner willigen Bereitschaft, ihr nachzugeben. Laut aber rief ich: »Nein, nein!« und wandte mich zum Gehen. Wortlos und ohne mich anzublicken nahm er meine Hand und führte mich durch die Flußauen, vermied sicher alle Sümpfe und Dornhecken und gab mich erst frei, als wir am Eingang des Dorfes angekommen waren. Ich flüsterte ihm zu: »Besuche mich. Einmal. Später. Nicht morgen.« Er nickte und verschwand in der Dämmerung.

Ich wurde von der besorgten Mutter scheltend empfangen. »Wo warst du so lang?« — »Im Wald«, sagte ich und fühlte Trotz in mir aufsteigen. — »Nie mehr läufst du allein weg, ohne zu fragen, hörst du?« Sie versetzte mir, um mir das Gebot einzuprägen, einen Schlag. — »Doch lauf ich wieder weg«, sagte ich, stampfte mit dem Fuß und blickte der Mutter frei und zornig ins Gesicht. Sie war erstaunt, noch nie hatte sie solch flammende Wildheit an mir erlebt. Sie schlug mich wieder, ich nahm es stumm und fühllos hin. Ohne Abendessen wurde ich zu Bett geschickt. Dort aber weinte ich unter der Decke und sehnte mich nach dem Heimatlosen, Freien, Ungesetzlichen.

Am nächsten Tage hörte ich, wie die Mutter dem Großonkel von meiner plötzlichen Bösartigkeit berichtete. Der alte Mann schwieg lange, dann sagte er: »Nimm es nicht schwer. Das kommt und geht. Auch ein Kind hat das Recht auf eigenes Leben. Aber vielleicht tut deinem Kinde jetzt eine Gespielin not. Wir wollen einmal die kleine Therese einladen.«

Ich lachte ingrimmig, denn Therese war ein sehr artiges Kind aus meiner Schulklasse. Am Nachmittag schon kam sie mit einer Puppe auf dem Arm. Meine Mutter sagte: »Spielt schön«, und ließ uns allein. Therese band ihrer Puppe eine Schleife ins Haar und sagte: »Wo hast du denn deine Puppe?« Ich sagte: »Puppen sind dumm. Ich spiele nicht mit solchen Sachen.« Therese schaute bestürzt und streichelte ihre Puppe. Es war eine sehr hübsche Puppe, das sah ich wohl, aber sie blickte stur vor sich hin, sie bewegte sich nicht, sie war aus Stoff und Porzellan, sie war ohne Geheimnis. Ich aber kannte den wilden Knaben, ich war im Wald gewesen, dies trennte mich für immer von der Welt der kleinen Mädchen. Ich griff nach der Puppe und drückte ihr die beiden Glasaugen ein. Ich weiß, daß ich nicht zerstören, sondern Therese zeigen wollte, daß ihr Spielzeug ein hohles, totes, wertloses Ding sei, das ich verachtete und das auch sie verschmähen sollte. Ich verachtete auch Therese, denn sie war selbst puppenhaft, allzu artig, allzu niedlich; nie löste sich eine Locke aus ihrem Zopf, nie wurde ein Schuhband lose, nie sprang sie über Pfützen. Ich hatte dies auch früher an ihr beobachtet und hatte es für gut gehalten, so brav zu sein. Nun aber haßte ich es. Therese schrie nicht, als sie die leeren Augenhöhlen ihrer Puppe sah, sie schlug mich nicht, sie verklagte mich nicht bei meiner Mutter. Sie saß still und drückte die Puppe an sich. »Nicht«, sagte sie leise, »bitte, nicht.«

»Ach was«, sagte ich, wandte mich ab und ging in den Garten. Dort setzte ich mich auf eine zerfallene Mauer, streifte Samen vom hohen Gras und war traurig. Nach einer Weile hörte ich zaghafte Schritte. Es war Therese, die kam. »Komm«, sagte sie, »sei wieder gut«, so, als hätte sie mir Böses getan. — »Laß mich in Ruhe«, sagte ich, ohne mich umzuwenden. Therese bat: »Ich schenke dir ein schönes Bild, wenn du mit mir spielst.« — »Ich mag nicht. Ich mag dich nicht«, sagte ich, sprang von der Mauer, lief in die Wiese und verschwand in einer

Mulde. Hier warf ich mich ins Gras und weinte. Wußte ich, warum ich weinte?

Am nächsten Tage fand ich auf meinem Platze in der Klosterschule ein Bild, eines jener vielbegehrten »Hauchbilder«, durch die man wie durch buntes Glas die Farben der Welt verwandeln konnte in Rot, Gelb, Blau oder Grün. Ich streifte das Bild unter die Bank. Tag für Tag fand ich nun solche Geschenke: ein paar früh gereifte Pflaumen, ein Seidenbändchen, eine gläserne Kugel mit einem Stern im Innern. Und immer sah ich die Augen der Geberin auf mich gerichtet voll offener Werbung. Ich wartete auf meinen wilden Freund aus dem Walde. Er kam nicht. Therese aber folgte mir stumm und verlangend. Es wurde mir schwer, in der Schule aufzumerken, und schwer, daheim zu gehorchen; denn ich war erfüllt von Unrast und blinder Sehnsucht.

Eines Nachts erwachte ich aus einem Traume: Ich hatte einen jener Wagen gesehen, wie fahrende Leute sie bewohnen, einen Wagen mit grauen Planen überspannt, von zwei schwarzen Pferden gezogen; auf dem einen ritt der Freund, auf dem andern saß ich. Wir kamen durch einen großen fremden Wald, durch grauen Nebel, aus dem Innern des Wagens tönte eine Holzflöte. Wir ritten schneller und schneller, bis wir flogen, und davon erwachte ich. Nun wußte ich meine Sehnsucht zu deuten: sicherlich war ich nicht das rechte Kind meiner Eltern. Ich stammte von Zigeunern; kein Haus war mir bestimmt und kein Gesetz der Menschen. Zigeunereltern hatten mich verloren, vergessen, ausgeliefert. Zu den Zigeunern gehörte ich. Der fremde Knabe war gewiß mein Bruder. Bald würde er kommen, mich erkennen und zurückholen in die schöne wilde Weite.

In den Tagen, die dieser Nacht folgten, war ich wie ein flüchtiger Gast im Kloster; ich löste mich ab von den Meinen und wartete in stiller Bereitschaft, bis man mich holte — dahin, wohin ich gehörte.

Therese warb weiter um mich, bis ich es nicht mehr ertrug. Eines Tages kam mir ein Gedanke: Nun, da ich zu den Zigeunern gehörte, da ich nichts mehr zu schaffen hatte mit dieser Welt der braven Ordnung und der zehn Gebote, nun galten für mich die Freiheiten des Waldes: ich durfte zaubern, ich konnte Therese von mir abwenden. Ich schnitt ihr unvermerkt drei Haare aus dem Zopf, tat sie in ein leeres Schneckenhaus und legte es in den Garten, in den zerfallenen Kreuzgang, wo es Schlangen gab. Lange saß ich und wartete, aber nur Eidechsen kamen, äugten und liefen vorüber. Ich flüsterte Beschwörungen, rief Thereses Namen, saß und wartete. Plötzlich löste sich ein Stein aus dem Gemäuer, stürzte und fiel auf das Schneckenhaus. Ich schrie auf. Schrecken und Lust erfüllten mich wie Wahnsinn. Ich begann zu tanzen. Ich hatte Schlangen gerufen — ein Stein war gefallen. Ich hatte also Macht, ich konnte zaubern.

Als ich am Abend ins Haus kam, sagte meine Mutter: »Denke dir nur, das Thereslein ist von einem Wagen überfahren worden.« — »Tot?« fragte ich voller Spannung. Die Mutter nickte. Das Herz blieb mir stehen.

Beim Abendessen sprachen die Erwachsenen von den Einzelheiten des Unglücks; ich bat, bald ins Bett gehen zu dürfen. Ich schlief nicht; ich hatte die ersten schlaflosen Nachtstunden meines Lebens zu überstehen. Meine Gedanken liefen im Kreise: ich hatte den Stein beschworen, er war gefallen; der Wagen war gekommen und hatte Therese überfahren; ich also hatte Therese getötet, ich war eine Mörderin. Aber ich hatte doch nur gewünscht, daß eine Schlange käme und sie bisse; ich hatte sie nicht töten wollen, nur abwenden, nur von mir fernhalten. Ich betete zu Gott, ich beschwor die unsichtbare Macht des Schicksals: »Mach es ungeschehen. Laß es mich nicht gewesen sein.« Inbrünstig hoffte ich auf den Morgen. Ich würde erwachen, es würde ein Traum gewesen sein, ich würde lachen und unbeschwert sein.

Der Morgen kam; wir wurden vor Thereses Bahre geführt. Die Mädchen schluchzten und bespritzten die kleine, völlig bedeckte Leiche heftig mit einem in Weihwasser getauchten Buchszweig. Thereses Mutter weinte laut, der Vater saß trübe in einer Ecke der kleinen Kammer. Die allgemeine Trauer, das Weinen, der Anblick des schmalen weißen Kindersarges, der eindringliche Duft von Blumen und Kerzen überwältigten auch mich; ich fühlte Tränen aufsteigen. Plötzlich aber kam die Erinnerung an meine Tat. Und nun überfiel mich nicht etwa die Qual des Schuldigseins, sondern ein starkes dunkles herrisches Gefühl: ich allein wußte, wie und warum der Tod zu Therese gekommen war. Ich hatte ein geheimes Wissen, ich war im Bunde mit dem Tod, mir standen keine Tränen zu; wohl saß ein unklarer Schmerz in mir, aber dieser Schmerz war der Preis der Einweihung, ich trug ihn stolz, er schied mich von den Menschen.

Therese wurde begraben, die Tage gingen hin; ich blieb erfüllt von der Last und Würde meines Wissens und von Erwartung. Der Sommer schwand, der Garten lag kühl und leer im Herbstwind, das Laub fiel feucht von den Bäumen, und eines Abends hörte ich von jenseits der Mauer fern aus dem Nebel die Weidenflöte. Ich stand am Fenster und lauschte. Ich lief in den Garten. Der Nebel wuchs dicht um mich. Ich hörte die Flöte und folgte dem Tone; ich war gerufen, und ich kam. Endlich stand ich vor der Mauer, die den Garten begrenzte. Sie war nicht hoch an dieser Stelle, lose Steine lagen da, man konnte sie zu einer kleinen Treppe schichten. Das Lied der Flöte tönte unablässig fort. Ich lehnte mich an die Mauer. Draußen stand der Freund, draußen war der Wald, war die Wildnis, die Freiheit. Indes ich stand, gebannt von süßer Lockung, berauscht vom Gedanken des Abschieds von Kloster und Eltern, geschah etwas in mir, was einem jähen Erwachen glich. Ich wußte plötzlich, daß ich den Umkreis des Klosters nicht verlassen würde. Was hielt mich? Ich gehorchte dem Gebot, das ich, ein Kind, nicht kannte. Leise verließ ich die Mauer und ging langsam durch den grauen Nebel unter tropfenden Bäumen zurück. Ferner und ferner tönte die Flöte, an drei verschiedenen Stellen tönte sie; Tränen liefen über mein Gesicht, vermischten sich mit der Nebelnässe und machten meine Augen blind. Lange stand ich auf der Schwelle. Das Lied verstummte. Ich trat ins Haus.

Die Tante

Meiner Tante oblag eine große Zahl von Pflichten in dem weitläufigen Haushalte, und dennoch schien sie stets wie unbeschäftigt oder nur kleinen Liebhabereien hingegeben. So weiß ich zwar, daß sie kochte, putzte und wusch wie eine Magd, daß sie die Kranken und Armenhäusler besuchte und pflegte, daß sie die kostbaren brokatnen Meßgewänder, die vor Alter nach und nach brüchig wurden, mit geduldigen und geschickten Händen aufs wunderbarste wiederherstellte, daß sie einige Male am Tage in der Klosterkirche betete, und dennoch ist mir, als hätte ich sie nie bei einer andern Tätigkeit erblickt als bei der anscheinend spielerischen, die sie ihren Blumen zuwandte. Ihr Garten war so schön, daß alle Besucher, welche die berühmten Klosterräume aufsuchten, auch den Garten zu sehen begehrten. Er lag an einem sanften, der Sonne zugeneigten Hange und war nach Norden von einer hohen Steinmauer begrenzt, die einst die Wand eines Kapellenschiffs gewesen war und nun unter einem dunkelgrünen Efeugeflecht noch die Ansätze von Strebepfeilern und hier und dort auch zarte Spuren verwaschener Fresken aufwies. Der Efeuwand entfloß aus unsichtbarem Rohre wie aus einer Quelle im Laub ein Wasserstrahl. Das Wasser sammelte sich in einer flachen moosigen Steinschale, die wohl einst Taufbecken gewesen war, überrieselte in dünnen Schleiern den Brunnenrand, floß in ein vermoostes Immergrünbeet und versickerte dort. Auch im heißen Sommer entströmte diesem Brunnen eine feuchte Kühle. Das immerwährende Wasserrieseln vermischte sich mit dem Gesumme der Bienen und dem leisen Rauschen des Laubes und der Blumen zu einem einschläfernden Lied. In diesem Garten gab es auch Gemüse, sogar köstliche und fremde, wie Artischocken, Englischen Sellerie und, unter Glashüllen, auch Auberginen, deren Pflänzchen die Tante aus der Klostergärtnerei bekam; aber alle diese Nutzpflanzen verschwanden in der Fülle der Blumen. Es gab mit Ausnahme von etwa drei Wintermonaten immer Blühendes. Von den allerersten Leberblümchen, Szillas, Aubretien und Goldranunkeln bis zu den allerletzten Herbstastern, Zwergchrysanthemen, Buschrosen und Japananemonen stand der Garten in solch übermäßiger Blüte, daß seine flammende Pracht die Augen blendete, vor allem, wenn die hellrote Glut der Phloxbeete, vermischt mit dem

Schwefelgelb der Sonnenbraut, sich vor der düstern Efeuwand entfaltet hatte.

Meine Tante, die allein diesen Garten pflegte, lächelte, wenn Fremde ihn bestaunten; dieses Lächeln offenbarte dem Eingeweihten, daß für sie die Herrlichkeit der Blumen erst dann sinnvoll war, wenn sie geschnitten und den Altären geopfert wurden. Neben all ihrer übrigen Arbeit oblag ihr nämlich auch die Sorge für den Schmuck der Klosterkirche. So friedfertig sie sonst war, bei dieser Tätigkeit ließ sie Einwände und Vorschriften des Onkels nicht gelten. Der Onkel war ein wenig puritanisch; ihm genügten zum Schmuck die alten geschmiedeten Leuchter. Allenfalls ließ er rechts und links des Tabernakels eine Vase mit einigen langstieligen Blüten, Lilien oder Goldregen etwa, gelten. Die Tante aber war besessen von der Lust am Überfluß. So waren zu Festzeiten die Altäre überdeckt von blühenden und duftenden Kaskaden, die vom obersten Borde bis auf den Altartisch niederfluteten. Manchmal mußte der Onkel während der Messe unwillig eine Vase zurückschieben oder eine Ranke brechen, die allzu tief auf das Meßbuch niederhing. Wenn er halb ernst, halb scherzhaft die Tante zur Rede stellte, sagte sie ruhig: »Gott hat die Blumen wachsen und blühen lassen, er soll sie wieder haben; man kann nicht genug zu seinem Lobe tun.«

Eines Tages aber sollte diese Überfülle des Altarschmucks mir zur Verführung und fast zum Verderben werden. Es war der Vorabend zum Erntedankfest. Schon war der Hochaltar geziert: große Sträuße Dahlien, Malven und Goldruten standen zwischen grünen Blattpflanzen. Auf allen Simsen lagen aufgereiht die Gaben des Herbstes: Früchte und Gemüse; zwischen Säulen und Säulchen hingen sorgfältig gebundene Gewinde aus Blumen, Trauben, Birnen und herbstlichem Laub, und überall aus dem bunten Gewirre drängten große Garben gelben dürren Korns. Die Kerzenleuchter waren eingebunden in Weizenähren. Vom Kirchenschiff aus erschien der Altar wie ein riesiger farbensprühender, flimmernder Strauß.

Die Tante war nach Hause gegangen, die Kirche stand noch offen bis zum Abendläuten. Ich ging langsam und feierlich gestimmt durch das dämmerige Schiff und blieb bewundernd vor dem Altare stehen. Da trat Gregor, der Sohn des Mesners, aus der Sakristei. Er gesellte sich zu mir, und wir zeigten uns gegenseitig die oft verborgenen Schönheiten des Ernteschmucks. Die Dämmerung wurde tiefer, die dunklen Farben erloschen, die hellroten, gelben und weißen aber brannten eindringlicher, ja herausfordernd aus dem grünen Dunkel. Durch die offene Sakristeitür zog ein Windhauch, der die Blumengewinde und dürren Ähren raschelnd bewegte. Die Stunde der Dämmerung, der übermäßige Reichtum an Blumen, Früchten und Düften überwältigte uns und versetzte uns in einen Zustand wachsender Trunkenheit. Gregor vor allem war wie elektrisiert.

»Du«, flüsterte er, »jetzt spielen wir Gottesdienst. Ich bin der Pfarrer, und du bist der Ministrant.«

»Nein, das dürfen wir nicht, das ist eine Sünde.«

»Doch, wir dürfen. Komm!«

Er zog mich in die Sakristei, wo die Schränke noch unverschlossen standen, und wählte aus den knisternden alten Gewändern das kleinste, das er wie eine Schleppe nachschleifte. Ich selbst kleidete mich in das Gewand des Meßdieners. Gregor nahm das schwere Meßbuch mit der silbernen Doppelschließe aus einem Schrank und befahl mir, es zum Altar zu tragen. Er selbst nahm einen Kelch. Feierlich schritten wir zum Altar. Mir war unheimlich zumute. Es ist Gotteslästerung, dachte ich mit Entsetzen. Gregor begann mühsam ein lateinisches Gebet aus dem Meßbuch zu entziffern; allein die Dämmerung war zu tief geworden. Er wandte sich nach mir: »Ministrant, zünde die Kerzen an! Warum brennen denn keine Kerzen?«

Ich erschrak. »Nein, Gregor, Kerzen dürfen wir nicht brennen.«

»Warum nicht?« fragte er unwillig.

»Sie sind so kostbar, und sie dürfen doch nur beim Gottesdienst brennen, und wenn wir hier Licht haben, könnte uns jemand sehen.«

Gregor, der sonst still und friedlich war, stampfte mit dem Fuß auf die Altarstufe, rauschte mit dem Brokatüberwurf und rief: »Wir müssen aber Kerzen haben, sonst ist es kein echter Gottesdienst.« Überrumpelt von seiner Wildheit eilte ich in die Sakristei und fand nach langem Suchen eine Schachtel Streichhölzer. Die Kerzen standen auf einem erhöhten Bord. Gregor hielt seine verschlungenen Hände wie einen Steigbügel, ich trat hinein, schwang mich auf den Altartisch und begann, die hohen gelben Wachskerzen zu entzünden. Schon brannten drei oder vier, da entglitt mir das brennende Holz, fiel in das Gewirre der Blumen, und alsbald hatte eine dürre Korngarbe Feuer gefangen. Knisternd lohte die rasche Flamme hoch, ergriff ein zweites und drittes Bündel, und gleich einem Feuerwerk stiegen und fielen die Funkengarben, und Flammen fraßen sich eifrig durch Blumengewinde und Kränze. Schon war der Altar hell erleuchtet, überall raschelte und wand es sich. Wir standen versteinert und starrten in das wilde schöne Feuerspiel. Da ergriff eine nahe Flamme mein Kleid. Ich schrie auf und sprang vom Altar. In diesem Augenblick eilte jemand aus der Sakristei, stürzte sich auf mich, erstickte die Flamme, lief zum Altar, schleuderte einen großen Wandbehang über das Feuer und schlug mit einem Tuche nach den hier und dort noch aufzuckenden Flammen. Nach wenigen Minuten war alles vorüber. Ein brenzliger Rauch zog durch die offene Türe ab, und verkohlte Blütenblätter fielen langsam aus dem Gewölbe herab. Gregor lehnte an der Wand. Eine Stimme sagte aus der Dämmerung: »Kinder, danket eurem Schutzengel, daß er mich zu euch geschickt hat.« Die Tante stand vor dem Altar und besah den Schaden. Gregor, noch im brokatnen Meßgewand, faßte mich krampfhaft bei der Hand und blieb wie versteinert stehen, einer fürchterlichen Strafe gewärtig. Da rief die Tante, fast schon wieder gleichmütig: »Legt eure Gewänder ab und holt dann einen Korb aus der Hütte und Schaufel und Besen, schnell!« Wir liefen wie gejagt und brachten ihr, was sie gewünscht hatte. Zitternd schauten wir ihr zu, wie sie behutsam die verkohlten Sträuße und Kränze aus dem Schmuckgewirre löste und in den Korb legte. Sie schien uns, die noch immer Bebenden, vergessen zu haben. Nach einer Weile sagte sie: »Geht jetzt schlafen.« Langsam und betroffen entfernten wir uns. Was würden am nächsten Morgen meine Augen sehen müssen! Wie zerzaust würde der Altarschmuck ausschauen, wie armselig und versengt! Welche Strafe erwartete uns! Zitternd betrat ich am Morgen die Kirche und wagte lange nicht die Augen zu erheben. Als ich es endlich tat, sah ich, ungläubig erst, dann frohlockend, daß nichts fehlte in dem bunten festlichen Schmucke; selbst die Korngarben waren wieder da. Ich war geneigt zu glauben, ich hätte den Altarbrand in einem wirren Traum gesehen. Eine kleine Brandwunde an meinem Arm aber legte Zeugnis ab für die Wirklichkeit unserer Untat. Den ganzen Tag über mied ich, so gut es anging, die Nähe der Tante. Der Tag und auch der nächste und übernächste verging, und keine Strafe, nicht einmal ein Tadelwort traf mich.

Sowie sich nach und nach die Furchtstarre in mir verlor, fing ich an, die Tante, die so wunderbar schweigen konnte, innigst zu lieben. Ich hielt mich gern in ihrer Nähe und war glücklich, ihr zuzusehen, wenn sie mit weißen Händen, die kaum Spuren vieler Arbeit trugen, Meßgewänder flickte oder Blumen schnitt. Im Sommer war sie so häufig im Garten beschäftigt, daß sie stets einen nachhaltigen, deutlich wahrnehmbaren Pflanzengeruch an sich trug. Zu gewissen Zeiten im Jahr war dieser Duft besonders stark, vor allem im August, in den Wochen, in denen sie Lavendel schnitt und Rosenessenz bereitete. An heißen trockenen Tagen, wenn in großen weitbauchigen Glasflaschen Weichselschnäpse und Hagebuttenwein zum Gären auf dem Kiesplatz in der grellen Sonne standen, saßen wir auf einem Mäuerchen im Nußbaumschatten. Zwischen uns stand ein großer Korb mit geschnittenem Lavendel. Wir hielten einen flachen Bastkorb auf den Knien und sammelten darin die dürren Lavendelblütchen, die wir von den welken Stengeln streiften. Wir schwiegen bei dieser stillen Arbeit. Manchmal ließen wir eine Handvoll Blütchen durch unsere Finger rieseln und labten uns, indes wir uns zunickten, an dem eindringlichen herbsüßen Dufte, der ihnen entstieg, von dem Falter angelockt wurden und Bienen, die mit leisem Summen unaufhörlich begehrend uns umzogen. Am Abend füllten wir die blaßblaue Ernte in kleine Säckchen aus dünnem Leinen und legten sie in Schränke und Laden, auf daß Wäsche und Kleider den herben Pflanzenduft annehmen konnten.

Zu kleinen Festen gestaltete meine Tante die Bereitung

des »Rosenpotpourris«, einer altmodischen Duftessenz. In jedem Sommer gingen wir eines frühen Morgens mit den kleinen Bastkörben in den Garten und schnitten die schönsten halberblühten dunkelroten Rosen. Dann entblätterten wir sie und legten die makellosen frischen Blütenblätter in ein großes Tongefäß, schichtweise mit Salz untermengt. Nach einigen Tagen schütteten wir das angesammelte Wasser ab und preßten die feuchten Blätter aus, bis ihnen kein Tröpfchen mehr zu entlocken war. Dann begann die feierliche Handlung des Einlegens. Die Tante streute in eine große weiße Porzellanvase die Rosenblätter, Schicht um Schicht, und vermischte sie, das Maß sorgfältig bestimmend, mit fremdartigen Gewürzen, deren Namen in ihrer rituellen Folge mir noch heute köstlich in den Ohren klingen: Storax, Borax, Nelkenöl und Veilchenwurzel. Dieses Rezept wurde nebst den Angaben über die Bereitung von Fruchtweinen im Geschlechte meiner Mutter seit urdenklicher Zeit mündlich überliefert. Die Tante, einzige Bewahrerin, einzige rechtmäßige Erbin dieser und anderer Künste und Weistümer, hatte eine Reihe solcher Porzellangefäße in einer dunkeln Kammer stehen, die einer kleinen narkotisch duftenden Apotheke glich. Es gefiel ihr, mitten im Winter eines dieser Gefäße zu holen, ihm einige Blätter oder Tropfen zu entnehmen und auf den Kachelofen zu streuen und alsbald, während vor den Fenstern das Eis klirrte, uns den Duft des sommerlichen Gartens vorzuzaubern; bald waren es weiße Nelken, bald Thymian und Lavendel, bald dunkelrote Rosen, womit sie uns entzückte.

Meine Freundschaft mit der Tante war von stiller, fast wortloser Art. In dieser sanften, unmerklich wirkenden Art erzog sie mich, ohne es zu wollen. Eines Tages durchstreifte ich müßig den Garten. Auf dem Nelken-

beet war die erste Blüte aufgegangen. Sie war eine Neu-
züchtung, eine damals seltene Art, weiß mit schmalen
purpurnen Streifen. Ich brach sie im ersten Entzücken
und trug sie eine Weile bewundernd mit mir. Nach
kurzer Zeit aber war ich ihrer überdrüssig, und gedan-
kenlos ließ ich sie um irgendeiner anderen Beute willen
fahren. Als ich am Abend ins Haus kam, stand die
Nelke, meine verworfene, vergessene Nelke, in einem
hohen Glase. Die Blütenblätter waren welk; sie hingen
matt und zerzaust aus dem verdorrenden Kelch. Mein
Herz schlug, denn es erkannte die Belehrung. Als ich am
Morgen die Nelke wiedersah, stand sie aufrecht und er-
starkt wie frisch gepflückt im Glase. Solcher Art war die
Erziehung, die mir meine Tante angedeihen ließ.

Eines Tages ereignete sich etwas, das mir das Wesen
der Tante in einem neuen wunderbaren Lichte zeigte.
Es gab in Sankt Georgen einen alten Mann namens
Karan, der einst aus Polen oder Rußland eingewandert
war, sich ein Gütchen erworben und wieder versoffen,
drei Frauen rasch hintereinander begraben hatte und in
seinen alten Tagen ins Armenhaus übergesiedelt war.
Dieser Karan hatte ein finsteres Aussehen. Sein Bart
hing in zwei schwarzen öligen Sicheln zu beiden Seiten
des wulstigen Mundes bis zum Hals herab. Seine Haupt-
haare, die trotz des Alters dunkel geblieben waren, hingen lang wie die Haare einer Frau, in der Mitte geschei-
telt, von Schmutz starrend, um sein breites gelbes Gesicht. Wir Kinder fürchteten Karan; kleinen Kindern
drohte man, wenn sie nicht gehorchen wollten: »Warte,
der Karan kommt.« Dennoch besaß er eine geheime
Anziehung, die wohl hauptsächlich daher rührte, daß er
singen konnte. Manchmal kauerte ich in einem dichten
Busche unweit des Armenhauses und lauschte, wenn
Karan mit tiefer wohlklingender Stimme seine fremden

traurigen oder wilden Lieder sang. Die Leute liebten
ihn nicht. Sie schlossen die Türen zu, wenn sie ihn von
weitem kommen sahen; manche ließen sogar den Hund
von der Kette. Die Schulkinder erzählten sich, Karan
äße Katzen und Schlangen, stehle, was er finde, und
habe seine drei Frauen vergiftet.

An einem Nachmittage war ich allein im Hause. Die
Tante arbeitete im Garten. Da sah ich Karan kommen.
Es war zu spät, die Tür vor ihm zu verschließen. Karan
trat ein. Er hatte trotz seines riesigen klobigen Körpers
den leisen Gang eines vorsichtigen geschmeidigen Tie-
res. Ohne zu sprechen, ging er an mir vorüber bis zum
Arbeitszimmer meines Onkels. Ich stellte mich abwehr-
end vor die Tür und rief: »Der Onkel ist nicht da.
Was willst du?« Er schob mich leicht zur Seite und trat
ins Zimmer. Ängstlich und gespannt beobachtete ich
ihn. Gleich einem Schlafwandler bewegte er sich durchs
Zimmer bis zu dem Schranke, in dem, in unverschlosse-
ner Kassette, der Onkel stets Geld liegen hatte. Ich sah,
unfähig der Abwehr, wie Karan seine schmutziggelben
Hände, Klauen gleich, nach dem Gelde bog, und schon
verschwand ein Geldschein in seinem weiten Ärmel.
Als wäre dies alles zeugenlos geschehen, wandte er sich
gleichmütig zum Gehen. Im Hausflur sagte er: »Komm
am Abend, ich sing dir was vor.« Der Lockköder war
ausgeworfen und beinahe angenommen, doch hatte Karan falsch gerechnet. In diesem Augenblicke kam die
Tante. Karan verbeugte sich derart, daß seine weiten
Ärmel das Pflaster peitschten, und seufzte. Dann erhob
er seine flache Hand und murmelte einen Bettelspruch.
Ich zupfte die Tante am Rock und wollte ihr zuflüstern,
was ich gesehen hatte. Sie aber schien mich geflissent-
lich zu übersehen. Freundlich faßte sie Karans schmut-
zige Klaue und sagte: »Kommt, ich hab gerade eine

Tasse Kaffee für Euch.« Karan wand sich, ging aber dennoch mit in die Küche und nahm am Tische Platz. Endlich fand ich die Tante allein. »Tante«, flüsterte ich erregt, »er hat Geld genommen aus der Kassette, eine Menge Geld.« Unbegreiflicherweise verstand sie nicht, was ich ihr zweimal, dreimal zuflüsterte. Sie bewirtete den schmierigen Karan aufs köstlichste mit Kaffee und Broten. Im Laufe eines fröhlichen Gesprächs fragte die Tante: »Braucht Ihr Geld, Karan?« Der Alte nickte, sagte aber dann rasch: »Nein, nein, hab alles, was ich brauche.«

»Wozu braucht Ihr das Geld, Karan?«

»Tabak, Frau, Tabak.«

»Gut, hier ist Geld, dafür bekommst du ein Paket Pfeifentabak.«

Der Alte steckte das Geld erst ein, als die Tante aufstand, um ein weiteres Stück Brot zu holen. Zuletzt tupfte er die Krumen von der Tischplatte und leckte sie schmatzend vom Finger. Ich betrachtete ihn angewidert aus einiger Entfernung.

Karan stand auf und verbeugte sich wieder mit jenem peitschenden Aufschlag seiner Ärmel. Noch in dieser Verbeugung verharrend, murmelte er: »Ich will eine Arbeit für Euch tun, Frau.« — »Gut«, sagte die Tante, »trage die großen Oleanderkübel aus der Kirche in den Jagdsaal.« Sie wies ihm den Weg, dann ging sie in den Garten und nahm mich mit, Karan allein lassend in dem Hause mit unverschlossenen Räumen und Schränken. »Aber Tante«, rief ich entsetzt, »laß doch den Karan nicht allein, er nimmt nochmals Geld, du wirst sehen.«

Die Tante lächelte: »Nein, nein, das tut der alte Karan nicht.« Ich verstand ihren Leichtsinn nicht und erwartete einen großen Aufruhr, der gerechterweise mit der

47

Bestrafung des Diebes endigen mußte. Nach einer Weile kam Karan schweißüberströmt und verbeugte sich. »Bin fertig, Frau.« — »Vergelt's Gott«, sagte die Tante und entließ ihn mit einem fast herzlichen Händedruck.

Als er durch den Garten ging, lautlos und massig sich wiegend, blickten wir ihm nach, ich voll unverhohlenen Abscheus, die Tante mit einem Lächeln, das sich allmählich in ein Gelächter hellster, wärmster Heiterkeit verbreiterte. »Er ist ein guter Kerl«, sagte sie, »man muß ihn nur recht verstehn.« Ich meldete neuerlich meine Beobachtung. »Ja«, sagte die Tante seufzend, »wenn einer kein Geld hat und niemand will ihm eins geben, muß er sich da nicht irgendwo eins nehmen, wenn er es nicht besser weiß?«

Als ich kurz darauf in die Küche kam, lag dort auf dem Tische der Geldschein. Ich staunte. Warum hatte ihn Karan wieder hergelegt? Warum, vor allem, hatte er ihn so auffällig hierhergelegt, statt ihn, was ihm freigestanden hatte, unvermerkt wieder in die Kassette zu schmuggeln?

Plötzlich begriff ich beide, ihn und die Tante. Ich lief auf die Tante zu und umarmte sie schluchzend.

Die gläsernen Ringe

Es gab einen Teil des Gartens, den ich noch nicht kannte. Von dem Fenster des Jagdsaales aus konnte man in großer Entfernung vom Kloster aus einer endlos scheinenden Wiese eine Gruppe von steilen Pappeln und Gebüsch wie eine dunkle Insel aufragen sehen. Eines Tages lockte mich diese Insel, und ich machte mich auf den Weg zu ihr. Ich stand am Rande der Wiese. Es war an einem Mittag im hohen Sommer. Ich stand und sah, wie das Gras sich neigte; großflächige silberne Wellen schlichen darüber hin, kaum merklich, gleichmäßig wie Atemzüge eines Schlafenden. Mir war, als ob die Wiese träumte und im Traum sich regte. Kleine Bräunlinge und große rostbraune Distelfalter hingen mit geschlossenen Flügeln still wie Blüten an den Halmen. Manchmal erhob sich einer, flatterte taumelnd auf und ließ sich wieder nieder. Ich begann durch das hohe welkduftende Gras zu waten. Die Wiese war weit, kein Weg durchschnitt sie, kein Baum mit einem kleinen Schattenkreis unterbrach sie. Bangigkeit befiel mich; fremdes Wesen lag in der Luft. Um mich zu feien, schloß ich die Augen, und also blind schritt ich tiefer und tiefer in das Unbekannte hinein. Aber da nun meine Augen keine Gefahr zu sehen vermochten, lauerten meine Ohren um so schärfer auf jeden Laut. Ich vernahm nichts als das Knistern der Halme, die von meinen Füßen geknickt und von meinen Armen zur Seite gedrängt wurden. Einmal blieb ich stehen und öffnete meine Augen. In derselben Sekunde war das Rauschen, das ich durch mein Schreiten verursacht hatte, verstummt. Nun war kein Laut mehr um mich, und doch begann ich eine Schwingung aufzunehmen, die dem Geräusch einer fernen Brandung glich. Die Hitze kochte über dem welkenden Gras. Nun hörte ich nicht mehr ein Geräusch, sondern einen Ton wie von einer Bratsche. Es war der Ton der Stille. Eine mir völlig neue Empfindung befiel mich, die gleichzeitig Angst, Andacht, Lust und Grauen umschloß, einander widersprechende Gefühle, die einen Augenblick lang es vermochten, sich die Waage zu halten und einen Zustand leidenschaftlichen Glücks zu schaffen, in dem ich schwebte. Da verschob sich blitzschnell das Gleichgewicht, und ich verlor mich in einem Wirbel von Angst: Angst vor dem

Mittag, vor der unendlichen Wölbung des dunkel-
blauen Himmels, vor der starrenden Stille. In einem
Dunstkreis stand die rote Sonne. Furchtbar war die
Macht des Mittags über die Erde.

Nach einer Weile, deren Dauer zu messen ich nicht imstande war, durchbrach ein zaghafter Laut den Bann:
ein Vogel erwachte. Er gab das Signal zum Erwachen
der Wiese. Schmetterlinge flogen auf, Bienen kamen
und ließen sich auf dem roten Klee nieder. Ich atmete
wieder, ich fühlte mich begnadigt und entlassen. Ohne
mich umzusehen, lief ich, bis ich auf der Schwelle des
Hauses stand.

Der Sommer ging hin, ohne daß ich einen neuen Versuch gemacht hätte, die Wiese zu durchqueren. Es
schneite früh in diesem Jahr. Neues nahm mich gefangen, vermochte aber nicht, die zarte Spur von Trauer
um Versäumtes, vielleicht für immer Verlorenes, zu
verwischen. Ich war überzeugt davon, daß jene Insel im
Grasmeer imstande sei, mir ungeahnte Aufschlüsse zu
geben. Was würde aus mir, wenn wir fortzögen, ohne
daß ich das Geheimnis erfahren hätte?

Eines Tages im Mai stand ich wieder vor der endlos
scheinenden Wiese. Kurz vorher war ein leichter Sprüh-
regen niedergegangen, ein Ausläufer eines fernen Ge-
witters. Das Gras, das nicht hoch war, duftete. Feucht
beglänzt sah ich die Gruppe der Pappeln aufragen. Wie
im Traum ging ich und stand endlich vor den Sträuchern, die das Geheimnis verbargen.

Ich bog die Zweige zur Seite: Liguster, Flieder, Geiß-
blatt und Weide, ein fast tropisch wucherndes, unmäßig
blühendes Gewirr. Ich durchbrach das Gestrüpp. Tropfen sprühten von den Zweigen und zersplitterten regen-
bogenfarbig. Ich stand vor einem kleinen Teich, der auf
zwei Seiten eingefaßt war von zerbrökelten Resten

einer alten Ummauerung. Die Steine waren übersponnen von Thymian, Steinbrech, Mauerpfeffer und anderen bittersüß riechenden Gewächsen. Auf zwei Seiten war der Teich verlandet. Hohes Schilf stand da, scharf wie Lanzen. Seerosen schwammen still und weiß zwischen glänzenden Blättern auf dem Wasser, das fast schwarz war. Sonne glitzerte auf den Büschen; tausendfach brach sich das Licht in hängenden und fallenden Tropfen. Wie leichter Rauch stieg der Dampf der warmen Erde auf. Der Boden unter den Büschen war bedeckt von Blumen. Da wucherten Narzissen mit wächsernen Blüten; Orchideen, seltsam gefleckte, mit Blüten wie Bienen, wie Falter, wie Fabeltiere, seiden, golddurchwirkt, fremd und herrlich; Salomonsiegel mit langen Blüten wie Tropfen flüssigen Alabasters; blaßviolette und zitronengelbe Iris mit goldbraunen Saftmälern; dazwischen Kräuter, üppig wie Büsche: Schierling mit dicken, rotfleckigen Stempeln, Wiesenkerbel mit weißen flockigen Dolden. Wolken eines gefährlich betäubenden Duftes hüllten mich ein. Ich stand tief erschrocken. Das Übermaß des schweren, feuchten, unbändigen Lebens griff mich an, verwirrte, machte hilflos trunken. Schlagenden Herzens fühlte ich eine bedrohliche Verzauberung. Fremdes Wesen breitete sich unheimlich in mir aus, verzweigte sich in mein Blut, brannte wie Fieber, wie maßloser Durst. Krank davon warf ich mich, der Nässe nicht achtend, ins Gras, preßte meinen Mund auf eine Narzissenblüte, auf einen Stein, auf die schwarze Erde. Ich löste mein Haar, öffnete mein Kleid. Nichts war da, mich zu stillen. Die Erde sog mich an. Ich fühlte mich vergehen vor Lust und Qual.

Da geschah es, daß ich erwachte, zu mir kam, mich ernüchterte. Ich sprang auf, durchstieß das Gestrüpp, jagte über die Wiese ohne innezuhalten, bis ich das

Haus erreicht hatte, das kühl und maßvoll mit klaren Wänden und gesicherten Räumen mich empfing.

Es gab eine andere Stelle des Klostergartens, die ich längst kannte, die ich nun aber, nachdem ich Süßigkeit und Qual der Wildnis gekostet hatte, durchaus neu erlebte, als Gegenwelt, als Zuflucht und Ort der Erhebung. Man ging über einen Hof zwischen Kloster und Kirche, dann kam man zu den Fischteichen. Manchmal saß ich an einer Stelle, wo Steinstufen in einen der Teiche führten und wo aus einem Rohr helles Wasser quoll, ein dicker Strahl mit beinah glatter, glasiger Oberfläche. Es war mir seltsam, daß Wasser eine selbständige Gestalt annehmen kann. Meist ging ich an den Teichen vorüber bis zu einer Terrasse, die von einer hohen Mauer umgeben, aber gegen den Himmel offen war. Manchmal gab mir der Großonkel den mächtigen altmodisch geschwungenen Schlüssel zu dem alten hölzernen Tor. Wenn ich eingetreten und das Tor hinter mir zugefallen war, befand ich mich in einem Raume, der, obwohl kein Dach ihn deckte, durchaus als Halle wirkte. An einer Seite waren drei bedeckte Wasserbecken. Darin waren die »Heiligen Quellen«, die, nach einer alten Legende, ein dürstender wandernder Heiliger, ein Glaubensbote, einst aus dem Stein geschlagen hatte und denen man eine gewisse Heilkraft zuschrieb. In der Mitte der Halle war ein offenes Wasserbecken. Dies war es, was ich liebte, dieses Wasser und den Geruch der Halle. Welch ein Geruch! Nicht der verwirrende Atem der Buschwildnis, nicht die süßen und nicht die kräftigen Gerüche der Gärten. Es war ein duftloser, inhaltloser Geruch. Hier war nur Stein und Wasser. Auch dieses Wasser, diese Steine rochen nicht. Das Wasser stand in einem scharf abgrenzenden gemauerten Becken. Es war ein Wasser von äußerster

Klarheit. So wie der Geruch hier ohne Duft war, so war das Wasser ohne Farbe. Es duldete keine mehr als flüchtige Färbung, es war das reine Wasser schlechthin. Es stand und bewegte sich nicht. Ich empfand den Raum um die »Heiligen Quellen« als eine Art von Kirche. Meist saß ich still versunken auf dem Rande des Beckens, schaute in das reine Wasser und hatte gute friedliche Gedanken.

Aber auch dieser Ort konnte mich nicht beschützen vor mir selbst. Eines Tages überfiel mich die Versuchung: die Stille des Wassers, die überlegene Unbewegtheit erschien mir aufreizend. Ich schleuderte einen kleinen Stein in die Mitte des Wasserspiegels. Ein Ring entstand, ein zweiter, dritter; aus jedem Ringe löste sich ein neuer. Die Ringe liefen lautlos gegen den Rand des Beckens; gläsern glitten sie über die Oberfläche, stießen sachte an der Ufermauer ab, schwammen wieder der Mitte zu; die kommenden und die gehenden Ringe überschnitten sich, bildeten klare, wunderbare Muster, durchsichtig, rein, nach strengen Gesetzen, von den Farben des Regenbogens begleitet. Ich vergaß beim Anblick der Schönheit meine böse Absicht. Ich holte Blumen und Blätter und ließ sie auf den Spiegel fallen, ich sah Ringe kommen und gehen. Bald aber sah ich, daß die Ringe nur auf der Oberfläche hinglitten. Der Teich spürte nichts davon, er erlaubte mir dies Oberflächenspiel, er selbst lag unbewegt, unverletzt, er entzog sich meiner Macht. Nun warf ich einen großen Ziegelstein in die Beckenmitte. Heftige Wellen eilten über das Wasser, Tropfen spritzten hoch auf; der Stein versank. Das Wasser stand unbewegt.

Da warf ich mich auf die Ummauerung und weinte. Der Quell hatte mich überwunden. Von diesem Tage an blieb es lange ein Schmerz für mich, zu den »Hei-

ligen Quellen« zu gehen. Allmählich aber verlor sich
das peinigende und heilsame Gefühl der Scham, und ich
begann das Wasser erneut zu lieben. Ich spielte noch
oft das Spiel mit kleinen Steinen und Blüten, aber nie
mehr um zu zerstören, sondern um etwas zu erforschen.
Ich wußte nicht, was es war; ich wußte nur, daß es mir
unendlich kostbar war. Viele Jahre später noch suchten
mich Träume heim, in denen das kindliche Spiel mit
den gläsernen Ringen wiederkehrte und mich auf ge-
heimnisvolle Weise belehrte und tröstete. Es war ein
Zauberspiel und mein Geheimnis, es war Gesetz, Maß,
Ordnung, es war Musik und war nicht weiter zu erklären, und seine Macht war stärker als das wirre Lied
der unbewußten Erde.

Franziska aus dem Walde

Eines Tages in meinem zehnten Lebensjahre geriet ich
an einem Sommerferientage auf einer einsamen, ver-
botenen Streiferei in einen unbekannten Wald, der mich
tiefer und tiefer lockte. Die Wonne der unbehüteten
Stunde und die vibrierende Spannung des Erkundens
der unabsehbar dunkeln, vielleicht gefährlichen Wald-
tiefe verführten mich zu besinnungslosem Laufen. An
einer Wegbiegung traf ich auf eine kleine Kapelle, wie
sie bei uns zulande oft errichtet werden an Stellen, die
Zeugen einer Meintat oder eines Unglücksfalles waren,
oder auch an Plätzen, die besonders lieblich sind. Die
Tür stand offen, die Kühle, die dem gewölbten Raum
entströmte, lockte mich, ich trat ein und fand mich in
einer befremdlichen farbigen Dämmerung, die sich
mischte aus einem dunkelroten Licht von starker
Leuchtkraft und einer totenhaft grünlich-bleichen Helle;

beide Farben trafen sich in der Mitte des Raumes zu einer unheimlichen, dämonischen Beleuchtung. Wenngleich ich sofort entdeckte, daß sie nicht zaubrischer Herkunft war, sondern durch zwei gegenüberliegende Glasfenster, ein rotes und ein grünes, erzeugt wurde, so verfiel ich doch der fremden bannenden Stimmung. Der kleine Raum war erfüllt von dem betäubenden Dufte welkenden Laubes und dürrer Blumen. Hinter einem eisernen Gitter, das die Altarnische vom Kapellenschiff trennte, stand auf einem Steintisch ein lebensgroßes Bildwerk: Christus am Marterpfahl. Die Gestalt war bedeckt mit Laubkränzen und Blumengewinden, so daß nur das Antlitz in der welkgrünen Umrahmung sichtbar war. Auch der Marterpfahl, die Ketten und die an die Säule gelehnten Marterwerkzeuge waren dicht mit Blumenkränzen umwunden. Ein seltsam sirrender Ton ließ sich hören. Ich entdeckte, daß er von einem buntgeflügelten Käfer herrührte, der auf einen der spitzen Gitterstäbe gespießt war und der in Todesnot seine dünnen Flügeldecken rieb. Da sah ich erst, daß auf allen Spitzen Käfer, Fliegen und Falter steckten, manche mumienhaft, manche noch frisch, dem Gemarterten als Opfer zugedacht. Ich schauderte und tötete den noch lebenden Käfer. Da rief von der offenen Kapellentür her jemand, der zugleich zornig stampfte: »Laß, laß! Rühr das nicht an! Geh weg! Es gehört mir.« Ein Mädchen, gleicher Größe mit mir, stand rotgrün, glühendbleich angestrahlt, gleichsam in zwei Hälften geteilt, auf der Schwelle. Ich kannte das Mädchen nicht. Ich ging fast ängstlich an ihm vorbei aus der Kapelle. Als ich eine kleine Lichtung überschritten hatte, lief mir die Fremde nach. Ich dachte, sie wollte mich schlagen, und blieb kampfbereit stehen. Da stand auch sie, seltsam verwandelt, einem scheuen Waldtier ähnlich. »Komm«,

rief sie demütig bittend, »komm, du darfst es sehen.«
Ich ließ mich, zögernd noch, von ihr in die Kapelle zu-
rückführen. Ich fragte: »Hast du das alles so gemacht?«
Sie nickte. Dann flüsterte sie, plötzlich wiederum verwandelt, in befremdlicher ekstatischer Leidenschaft:
»Siehst du, er lebt, er bewegt sich, siehst du es?« Sie
wies auf die Gestalt des Gemarterten, und da war auch
mir, als bewegte sie sich. Die Fremde war außer sich.
Sie warf sich auf die Knie, starrte das Bildnis an und
murmelte unverständliche beschwörende Gebete. Nach
einer Weile stand sie auf, abwesenden Blickes, und ging
wankend aus der Kapelle. Ich folgte ihr. Sie wartete
vor der Tür. Sie flüsterte: »Es ist ein Wunder. Sage es
niemand. Jeden Tag um vier Uhr wird er lebendig.«
Noch leiser fügte sie hinzu: »Ich bin Franziska.« In
ihrem ungemein beweglichen blassen Gesicht stand die
unverhohlene Begierde nach Annäherung, mich aber
hielt die von ihr ausgehende fremde Witterung davon
ab, mich ihr zu vertrauen. Allein ich mußte es mir gefallen lassen, daß sie mich, die Irrgelaufene, schweigend
aus dem dunkeln Walde führte bis in das Vorgehölz,
von dem aus ich die Türme von Sankt Georgen sah.
Die Begegnung mit Franziska, mehr aber noch das Bild
der einsamen Kapelle verfolgten mich derart, daß ich
schon am nächsten Tage, alle Verbote der Mutter in
den Wind schlagend, wieder in den Wald lief und auch
wieder die Kapelle fand. Es war erst zwei Uhr, also
nicht die von Franziska angegebene Stunde der Verwandlung des Bildnisses, und dennoch harrte ich gläu-
big auf das Wunder. Ich warf mich, wie ich es von
Franziska gesehen hatte, auf die Knie und starrte un-
beweglich in das schmerzverzerrte, von birnenförmigen
dunklen Blutstropfen bedeckte Antlitz. Plötzlich überfiel mich ein starkes Mitleid mit dem Leidenden. Ich

kletterte auf das Gitter und versuchte, die Hände des Angeketteten zu lösen. Es ging leichter, als ich erwartet hatte. Die hölzerne Kette, morsch vor Alter, zerbrach unter dem Zugriff meiner Hand. Nun hingen die übereinandergelegten Hände frei in der Luft, gleichsam in der Gebärde des Flehens erstarrt. Mein Mitleid wuchs ins Grenzenlose. Ich überkletterte das Gitter, umschlang die Knie der Gestalt und weinte heiße Tränen. Plötzlich war mir, als rührte sich die Figur. Mit einem Aufschrei übersprang ich das Gitter und schlich, mit den Augen auf dem Bild, langsam rückwärts gehend dem Ausgang zu. Deutlich sah ich, daß sich das Antlitz bewegte, gleichsam mir winkend. Widerstrebend kehrte ich zurück und ließ mich vor dem Gitter nieder, Gebete und heftige Anrufungen stammelnd. Allmählich wich das Entsetzen dem schmerzhaft süßen Gefühl der Zeugenschaft am Wunder, dem schauerlichen stolzen Bewußtsein geheimer Auserwählung. Ich starrte in das lebende Antlitz und versank in diesem Anschauen. Nach einiger Zeit trat Franziska ein. Sie brachte frische Laubkränze und einige goldüberstaubte grünblaue und kupferrote Käfer, Opfertiere. Sie zog mich in eine Ecke und zeigte mir seltsame Instrumente, den Marterwerkzeugen, die dem Standbild beigegeben waren, nachgebildet. »Was tust du damit?« fragte ich ahnungsvoll. Sie sagte: »Ich geißle mich. Manchmal stelle ich mich auf diese Nägel. Nachts schlafe ich auf einem Brett. Man muß das tun. Man muß doch für Christus leiden. Es ist wunderbar. Auch die Tiere müssen für ihn leiden. Tust du es denn nicht?« Nein, ich hatte nie an derartiges gedacht. Nun aber wollte ich das Versäumte nachholen. Ich machte mir nach Franziskas Weisung eine Geißel aus harten grünen Holzäpfeln, die wir mit Dornen spickten und mit Schnüren an einem Stabe befestigten. Auch ein Rutenbündel und eine Dornenkrone machte ich. Und nun begann ich in der Verborgenheit des Jagdsaals mich zu peinigen. Aber jenes Gefühl der wunderbaren Erhebung, von dem Franziska gesprochen hatte, blieb mir versagt. Ich empfand nichts als kleine stechende Schmerzen und eine uneingestandene Scham. Mir war weit eher, als sündigte ich, statt daß ich eine Empfindung von Bußtat und Leidensglück verspürte. Franziska, die nun meine Meisterin war, belehrte mich: »Du mußt eben erst mit kleinen Abtötungen beginnen: Asche essen, bittere Blätter kauen, auf Holzscheiten knien, dreimal auf Knien um die Kirche gehen.« Ich versuchte es, aber auch diese Übungen brachten mir nur wunderlichen Schmerz, nicht Erhebung und Heil. Ich sagte Franziska davon nichts, wenn wir uns verstohlenerweise im Walde oder an der Mauer des Klostergartens trafen. Manchmal spielten wir seltsame Spiele, die Franziska sich ausdachte. Sie war die Herrin, ich die Magd, die mit sinnlosen Befehlen gequält und in ihrer Demut erprobt wurde. Ich mußte mich mit scharfen Dornen ritzen, mit bloßen Beinen in ein Brennesseldickicht waten, mein Brot, nach dem ich hungrig war, den Vögeln streuen. Wenn ich, die Magd, alles auf mich genommen und treulich erfüllt hatte, verwandelte sich die grausame Herrin in eine frohlockende himmlische Erscheinung und führte mich in die Kapelle, wo ich zur Belohnung mit einem Laubkranze gekrönt wurde.

Auch als mir Franziska längst keine Fremde mehr war und ihre Seltsamkeiten nicht mehr unheimlich und dämonisch-wunderbar erschienen, blieb ich noch auf lange Zeit ihrem Bann verfallen. So glaubte ich bedingungslos ihre Erzählungen von nächtlichen Engels-Erscheinungen, von Begegnungen mit Bettlern, die Brot von ihr forderten und ihr zum Dank die Gabe verliehen, in der Dunkelheit genau so scharf zu sehen wie am Tage. Mein Innerstes aber zog sich von ihr zurück, und meine Kasteiungen entzogen sich bald entschlossen ihrem Vorbild und ihrer Überwachung. Ich fand bald das mir Gemäße: kleine, aber schmerzliche Entbehrungen und Überwindungen, wie etwa Schweigen bei ungerechtem Schelten der Mutter, Entzug des Zuckers im Morgenkaffee, plötzliches Abbrechen geliebter Spiele.

Die Ferien gingen vorüber, die Schule begann, Franziska erschien und gehörte plötzlich zu unserer Schule und zu meiner Klasse. Ich erfuhr, daß ihr Vater Förster war und erst im Sommer in unseren Wald gezogen war. Nun, da unsere Freundschaft, die wir wie auf Verabredung geheimgehalten hatten, offenbar werden durfte, verlor sie viel an Zauber und Bedeutung. Dennoch blieben wir uns treu, und obwohl ich längst ahnungsweise die seltsame Gefährtin durchschaute, lauschte ich, immer wieder ihr glaubend, ihren merkwürdigen Erzählungen und ließ mich willig in Bußübungen unterweisen, wenngleich ich bereits insgeheim meine eigenen Wege ging.

Eines Tages sagte Franziska: »Nimm mich mit ins Kloster.« Ich erschrak vor diesem Ansinnen und erdachte eilig eine Ausrede: »Ich darf keine fremden Kinder mitbringen.«

»Dann gehen wir eben heimlich hinein, wenn niemand da ist.«

Sie drang so befehlerisch und zugleich so flehend in mich, daß ich endlich widerwillig und mit schlechtem Gewissen mich bereit erklärte. Tag und Stunde waren günstig; die beiden Frauen waren ins Nachbardorf gegangen, der Großonkel, dessen sanfter Obhut ich anheimgegeben war, saß in seinem Studierzimmer und schrieb an der sonntäglichen Predigt. Lautlos wie Katzen liefen wir durch den langen Gang. Ehe wir die Tür des Jagdsaals öffneten, ergriff ich jäh Franziskas Arm und rief heftig: »Du, wir kehren um, du darfst hier nicht hinein!« — »Warum?« Ich wußte es nicht, allein ich spürte, daß Franziska hier ein Eindringling war und deutlich die reine Stille und die heilige Ordnung des Baues verletzte. Sie aber riß sich unwillig los und klinkte die Türe auf. Triumphierend übersprang sie die Schwelle. Von mir aber ergriff ein böser Geist der Verzweiflung Besitz. Ich flüsterte, auf die Pflasterrosette in der Mitte weisend: »Du, hier kann man tanzen.« Franziska begriff sofort, und bald drehten wir uns in einem wirbelnden Tanze. Erst glich dieser Tanz dem fröhlichen Reigenspiele kleiner Kinder; bald aber stieß Franziska kurze wilde Schreie aus, zeigte das Weiße ihrer Augen, sank schlangengleich zu Boden, den Anschein tödlicher Ermattung zeigend, warf sich aufschnellend wieder hoch und tanzte, von einer unheimlichen Macht besessen. Plötzlich stand ich stille, wie von einer warnenden Hand gehalten, und starrte Franziska, die Berauschte, ernüchtert an. »Franziska«, rief ich angstvoll und angewidert, »hör auf, hör doch auf.« Endlich hielt auch sie inne, langsam zurückkehrend aus der Tollheit. Nun ergriff mich, die Schuldige, ein heiliger Zorn über die Schändung des Raumes. »Geh«, rief ich, »geh, geh.« Und sie verließ ohne Widerrede gleichsam fliehend Saal und Haus. Ich blieb unsäglich ernüchtert und schuldbewußt zurück. Ich versuchte, mit meinen Händen die leise Staubspur zu verwischen, die Franziskas nackte Füße auf der spiegelnden Pflasterrosette zurückgelassen hatte. Dann schlich ich müde und elend aus dem Saal.

Von diesem Tage an mieden wir uns. Allmählich nahm

ich meine kleinen Übungen der Entbehrung und Kasteiung wieder auf. Der Herbst ging hin, der Advent begann, und mit ihm kamen jene täglichen frühen Morgenfeiern in der Kirche, die »Engelmessen« hießen. Um sechs Uhr schon begannen sie, noch ehe die kalte frühwinterliche Nacht gewichen war. Ich beschloß, in diesem Jahre keine der Morgenmessen zu versäumen. Es war nicht leicht, den Entschluß auszuführen. Allerlei Widerstände erhoben sich. Meine Mutter, in der Sorge, das frühe Aufstehen und das Verweilen in der kalten Kirche könne meiner Gesundheit schaden, verbot es mir, der Großonkel aber sprach für mich, und endlich willigte die Mutter ein, wohl in der Annahme, daß diese kindliche Laune bald von selbst vorüberginge. Ich erinnere mich mit allen Sinnen an jene Morgen. Um einhalb sechs Uhr klingelte der Wecker im Zimmer meiner Mutter. Davon erwachte ich, und ohne mich zu besinnen, sprang ich aus dem Bett. Es war sehr kalt in dem großen, nie geheizten Zimmer; ich zitterte, so fror ich. Ich eilte über den gepflasterten Gang, lose Steine klapperten, das hohe Gewölbe widerhallte. Noch war es nächtlich dunkel. Ich tastete mich nach dem durchkälteten Waschraum. Das Wasser lief aus dem Hahn in die Schüssel, und dieses erst dumpfe, dann immer heller werdende Geräusch war schlimmer zu überstehen als das plötzliche Verlassen des warmen Bettes. Ein Frühstück gab es nicht vor der Engelmesse, denn es gehörte zur Feier, nüchtern zu sein. So schwierig dies alles für ein Kind war, so erfüllte es mich mit einer unsäglichen Freude. Während ich vor Frost bebte, war ich schon dem Frieren und allem Unbehagen entrückt. Ich hielt eine inständige wortlose Zwiesprache mit dem Morgen. Wenn ich aus dem Hause trat, standen meist die Sterne frostklar und funkelnd über den Giebeln. In der Luft klirrte die Kälte, manchmal fiel leise wolliger Schnee, die Glocken läuteten durch den Morgen, und die Klosterfrauen eilten schweigsam und dunkel zur Kirche. Der Kirchenraum war noch unerhellt, die Tante zog einen Wachsstock aus der Tasche, stellte ihn auf das Betpult, bog das dünne Wachsband in die Höhe und entzündete mit feierlicher Umständlichkeit den Docht. Noch war unser Licht einsam, unzulänglich, aufgesogen von der Nacht, die das hohe Kirchenschiff füllte; bald aber strahlten da und dort ebenfalls kleine Flammen auf, und endlich stand ein Lichterwald über den dunklen Bänken, hell genug, die Gesichter und Gesangbücher zu beleuchten, aber zu schwach, um die tiefe Dämmerung zwischen den Pfeilern, in Nischen und Gewölben zu durchdringen. Sooft das Portal sich öffnete, fuhr ein kalter Windstoß in den Lichterwald und ließ die Flammen heftig flackern, daß sie fast erloschen. Als die Messe begonnen hatte, brannten die Lichter einhellig und still und verströmten mit zartem Knistern köstlichen Wachsduft und milde Wärme. Ich las in einem großen ledergebundenen Gebetbuch, das so alt war, daß »sei« noch mit Ypsilon geschrieben war und daß Stockflecken auf den Blättern waren. Es sprach eine einfältige kindliche Sprache, ich liebte es sehr. Zwischen Gebete waren alte Legenden eingeflochten. Ich las am liebsten von Einsiedlern in der Wüste, deren Herz so einfach und so liebreich war, daß wilde Tiere kamen und ihnen dienten. Mit Begierde atmete ich den Duft von heilig durchsichtigem Geheimnis, der den nüchternen wortkargen Berichten entströmte. In diesen morgendlichen Stunden, da meine Hände und Füße vor Frost brannten, widerfuhren mir mühelos, ungesucht jene Entrückungen in ein leidenschaftliches Glück der innern Anschauung oder auch in einen bilderlosen, schlafverwandten Frieden, die ich nie und nimmer durch Bußübungen hatte erzwingen können.

Der ausgehende Winter brachte eine solche Fülle von Schnee, daß die Büsche des Gartens in ihm ertranken. Der Wald war pfadlos eingeschneit, Franziska kam nicht mehr zur Schule. Ich genoß die Wochen ihres Fernseins wie unverhoffte Ferientage. Die dunkle Last ihrer Freundschaft war von mir genommen. Ich ergriff mit knabenhafter Lust die Vergnügungen, die der Winter bot. Die Gartenhügel, die sonst Zeugen meiner sehnsüchtigen Streifereien waren, wurden Schlittenhügel, und an die mürben verlorenen Säulen lehnten sich grinsende Schneemänner, fröhliche Geschöpfe meiner Hand. Doch eines Tages schmolz der Schnee, die tropfenden Bäume standen schwarzblau in den grauen nassen Wiesen. Franziska kam wieder zur Schule, trug Geheimnis und Schwermut des Waldes mit sich und zerschlug mein flüchtiges Behagen.

An einem jener ersten Vorfrühlingstage sagte Großonkel Felix in der Religionsstunde zu uns Zehnjährigen: »Vor Ostern noch dürft ihr zur Beichte gehen. Freut ihr euch?« Franziska nickte leidenschaftlich. Ich verspürte einen leichten kühlen Schauer. In den Wochen der Fastenzeit wurden wir behutsam in die Bedeutung der Beichte eingeführt. Allmählich begann auch ich mich auf sie zu freuen, und eines Tages war es so weit: wir knieten in den hohen geschnitzten Stühlen der Klosterkirche. Drei Beichtstühle waren da, in zweien saßen fremde Mönche, in einem war mein Großonkel, ich wußte nicht in welchem, ich wollte es nicht wissen. Ich hatte längst mein Herz erforscht. Ich gedachte meines Ungehorsams, meines Zornes, meines Mordes an Therese, meines Hochmuts; ich wußte, daß meine Seele schwarz von Sünden war. Und nun sollte ich bereuen, was ich an Schuld auf mich geladen hatte. Noch hatte ich Zeit, noch konnte ich gelassen warten, bis das verlangte Gefühl der Zerknirschung über mich kommen würde, noch war eine lange Reihe von Kindern vor mir. Es dämmerte in der Kirche. Vor den Beichtstühlen wurden Wachskerzen entzündet. Das Gold der Altäre glänzte aus der Dunkelheit. Ich überließ mich einem friedlichen Hinträumen, bis ich plötzlich mit Schrecken bemerkte, daß nur mehr wenige Kinder vor mir warteten. Nun war mir die letzte Frist gegeben zu bereuen. Da sah ich, wie Franziska, die einige Bänke vor mir kniete, sich erhob und, schwankend fast, in eine Nische ging, in der ein Bild der Schmerzhaften Muttergottes hing. Bald vernahm ich von dort verhaltenes Schluchzen, das immer heftiger wurde, bis es in halblautes wimmerndes Weinen überging. Die Kinder stießen sich an und lachten, mir aber drang dies Weinen gleich einem schneidenden Vorwurf ins Herz. Franziska bereute ihre Sünden, ihr war es gegeben zu klagen und zu trauern, während ich fühllos, von Gott verlassen hier stand und träumte. Ich versuchte mit Angst und Leidenschaft mir vorzustellen, daß ich Gott beleidigt hatte. Ich wartete darauf, daß nun die Tränen der Reue zu fließen begännen, aber vergebens. Statt dessen kamen die widerwärtigsten Gedanken. Ich sagte mir trotzig: »Morgen bin ich bestimmt wieder ungehorsam. Warum soll ich da erst bereuen?« Ich dachte an mein neues Sonntagskleid und daran, daß ich die Klügste in meiner Schulklasse war, viel klüger als Franziska. Ich zählte die Kerzen in der Kirche und dachte: »Wenn es eine gerade Zahl gibt, verzeiht mir Gott auch ohne Reue. Gibt es eine ungerade, dann bin ich ohnedies verdammt.« Es waren neun Kerzen, aber selbst dies rührte mich nicht. Als ich schließlich die heftige Versuchung

empfand, mich ohne Beichte aus der Kirche zu schleichen, da wurde mir klar, daß alle diese Gedanken Ein-
flüsterungen des Teufels waren. Nun wartete nur mehr
ein einziges Kind vor mir, und auch dieses ging in den
Beichtstuhl. Noch einige Minuten, und mein Schicksal
würde besiegelt sein. Wer ohne Reue beichtet, der lädt
eine Todsünde auf sich, so hatten wir gelernt. Ich fing
an zu zittern. Bereute ich denn noch immer nicht?
Schweißtropfen rannen langsam über mein Gesicht. Da
traf es Franziska, die tränenüberströmt aus der Nische
zurückgekehrt war, in den Beichtstuhl zu gehen. Sie
ging langsam, gesenkten Hauptes gebeugt von Leid und
Schuld, und bald drang aus dem Beichtstuhl ihr erregtes
Flüstern, laut genug, daß ich widerwillig hören mußte,
wessen sie sich anklagte; bald wurde das Flüstern durch
wildes Aufschluchzen erstickt. Dieser hemmungslose
Ausbruch widerte mich an. »Franziska!« flüsterte ich
beschämt und wütend und stampfte mit dem Fuß, zugleich flehte ich verzweifelt um die Gnade solch maßloser Reue. Franziska trat endlich leuchtend vor Blässe
aus dem Beichtstuhl. Nun traf es mich zu bekennen.
Zitternd sprach ich die Einleitungsformel: »Ich arme
Sünderin . . .« Bald aber faßte ich mich und gab einen
genauen nüchternen Bericht meiner Sünden, hörte un-
ergriffen die Ermahnungen des unsichtbaren Beicht-
vaters und verließ flüchtig erleichtert den Beichtstuhl.
Als ich am Abend mit Großonkel Felix am Eßtisch saß,
fragte ich mich, ob wohl er mein Beichtvater gewesen
war. Ich betrachtete ihn prüfend, aber ich konnte nicht
erkennen, ob er sich meiner Sünden entsann. Mutter
und Tante behandelten mich behutsam und fast feierlich, der Großonkel war scherzhaft wie immer bei Tisch.
Die Mutter brachte mich an diesem feierlichen Tage zu
Bett, segnete mich und, ein Wunder, küßte mich auf die

Stirn. Als sie gegangen war, überfielen mich schneidende Qualen. Ich wand mich vor Scham und Schmerz. Niemand wußte, daß unter diesem Dache eine Todsünderin lag, dem Verderben preisgegeben, von Gott verstoßen. Endlich stürzten Tränen aus meinen Augen, bittere erlösende Tränen, und mitten aus dem Weinen glitt ich in den Schlaf. Da aber hatte ich einen Traum: ich sah einen tiefen Brunnenschacht. In ihm schwebte ich in mittlerer Höhe. Tief unter mir braute eine Dunkelheit, die Blasen warf wie siedender Teer. Über mir, am Rande des Schachtes, sah ich den hellen Widerschein eines großen Lichtes. Während ich schwebte, fühlte ich mich schwerer werden. Langsam sank ich. Mein Herz krampfte sich zusammen. Ich suchte nach einem Halt für meine Hände, aber ich griff ins Leere. Unaufhaltsam sank ich. Entsetzliches Gewicht hing an meinen Füßen. Fast berührten meine Sohlen die brauende Finsternis. Ich schien verloren. Da schrie ich laut auf, und als der Schrei verhallt war, erblickte ich neben mir einen leuchtenden großgeflügelten Engel. Wie von einem starken Atem angesaugt, stürzte ich aufwärts. Eisige Luft peitschte mich. Ich überflog den Rand des Schachtes und wurde in einen strahlenden Lichtwirbel gerissen, in den ich zersprühte. Als ich erwachte, stand die Morgendämmerung vor dem Fenster. Ich sah die gewohnte Umgebung, fühlte mein Bett, erkannte, daß ich lebte. Der Traum galt mir nicht als Traum, er war mir bare Wirklichkeit. Was von ihm in mir zurückblieb, war ein inbrünstiger, fast weihevoller Zustand, der mich für lange Zeit allen Spielen entrückte. Ich lebte still und in mich gekehrt und führte inständige Zwiegespräche mit dem Wesen, das ich als meinen Schutzengel kannte. Franziskas Nähe mied ich weiterhin.

Eines Tages um Ostern aber blühte unsere fast erstorbene Freundschaft noch einmal auf. Ich hatte Franziska bei einer Streiferei am Waldrand getroffen, und als wäre dies Verabredung, schritten wir nebeneinander tiefer in den Wald. Eine leichte Dämmerung webte zwischen den dunkeln Stämmen. Franziska führte mich auf eine Wiese, die weiß von Buschwindröschen zwischen alten Fichtenbeständen lag. In der Mitte der Wiese stand ein Baum, eine Erle, ich erinnere mich ihrer genau. Einer der untersten Äste war vom Boden aus erreichbar und so gebogen, daß er wie ein Tor oder wie eine Brücke war. Franziska sagte: »Nun spielen wir, du bist ein Missionar, der zu den Heiden kommt, er predigt, und sie schießen ihn mit Giftpfeilen tot.« Ich stieg auf den überhängenden Ast und begann zu sprechen. Ich wußte viel zu sagen, ich sprach mit glühendem Eifer zu den Tausenden, die unter mir im Grase lagerten; ich versprach ihnen, Brot vom Baum zu schütteln und sie über die Wipfel der Fichten hinweg wie auf einem Stege zu führen in ein seliges Land. Da sprang einer der Zuhörer auf, legte einen Pfeil an und zielte auf mich. Ich fühlte die Pfeilspitze auf meine Brust prallen. Ich ließ mich vom Aste fallen und stürzte ins Gras. Ich lag, hielt den Atem an und wartete auf mein Sterben. Jemand bestreute mich mit Gras und Blumen, kühl und weich bedeckten sie mich, und in den Bäumen erhob sich der Nachtwind. Es war süß, so zu liegen wie im Schlafe oder wie auf dem Grunde eines dunkelgrünen Wassers. Da hörte ich Weinen. Jemand berührte mich zaghaft und flüsterte meinen Namen. Ich wehrte mich dagegen, zurückgeholt zu werden ins Leben. Ich wurde stärker gerüttelt und laut angerufen. Da schlug ich widerwillig die Augen auf. Franziska kniete neben mir. Sie weinte fassungslos, sie glaubte, sie habe mich wirklich getötet, vielleicht auch weinte sie in der Rolle einer

reuevollen bekehrten Heidin über den Tod des Mär-
tyrers. Als ich sie so trauern sah, flammte meine Liebe
zu ihr noch einmal auf; ich umschlang sie, und wir
weinten zusammen und weinten auch noch auf dem
Heimwege durch den abendlichen Wald. Dies war unser letztes Spiel gewesen, denn die Zeit dieser Freundschaft war um.

Vicki

Fast von einem Tage zum andern begann ein völlig
neuer Abschnitt meiner Kindheit. Ich lernte Vicki kennen. In der Nähe des Klosters, zu ihm gehörig, lag ein
Meierhof. Der Pächter hatte eine Tochter, die drei
Jahre älter war als ich. Das war Vicki. Ich ging eines
Tages, kurz nach dem letzten Spiele mit Franziska, an
dem Meierhof vorüber. Da sah ich Vicki arbeiten. Sie
brachte einen Schubkarren voll Kuhmist aus dem Stall
und leerte ihn auf den großen Düngerhaufen. Die Arbeit schien ihr nicht die geringste Mühe zu machen.
Bald verschwand sie wieder im Stall und kam nach einer
Weile mit einer neuen dampfenden Fuhre zurück. Ich
sah ihre nackten braunen Beine, ihre Holzpantoffeln, ihr
rotes Kopftuch. Sie arbeitete wie eine Magd und war
doch noch nicht vierzehn Jahre alt. Ein Knecht kam,
kniff sie in den Arm, sie gab ihm einen schallenden
Schlag auf sein Gesäß, und ihr Lachen widerhallte von
den Wänden. Sie war wie die Herrin des Hofes. Nach
einiger Zeit führte sie ein Ochsengespann aus dem Stall
und über den Hof. Sie schnalzte mit der Geißel, rief
»Hü« und »Hott«, schwang sich auf den Wagen und
sang mit lauter Stimme, während das Gefährt aus dem
Hoftor und auf holperigem Wege zu einem Acker

rollte, auf dem das Gesinde Steine aufgelesen hatte. Ich folgte in einiger Entfernung. Das rote Kopftuch leuchtete fröhlich, und Vickis Singen schallte weithin über die Äcker. Überall blickten die Leute von ihrer Arbeit auf; eine ganze Welle von Fröhlichkeit lief über die Felder, an denen Vicki vorüberfuhr. An einem entfernter liegenden Acker hielt ihr Wagen, sie sprang vom Sitz und übergab die Zügel des Gespanns einem Knecht. Nachdem sie eine Weile mit den Dienstboten verhandelt hatte, ging sie denselben Weg zu Fuß zurück. Hinter einer Schlehdornhecke setzte sie sich ins Gras, zog ein Stück Schwarzbrot aus der Tasche und biß hinein. Ich stand in ihrer Nähe und bewunderte und beneidete sie. Sie saß so sicher da, sie hatte sichtlich bunte klare heitere Bilder in sich von ihrer getanen Arbeit, von ihrem Hof, von lauter Wirklichkeit. Sie gehörte ganz dazu, sie hatte ein unbestrittenes Recht, auf der Erde zu sein; sie war unangefochten von Zweifeln, Ängsten, Sehnsüchten, Versuchungen. Was ihr zugehörte, kannte sie, und was sie nicht kannte, das bekümmerte sie nicht. Ich kam mir klein und erbärmlich vor beim Anblick dieses schönen kräftigen Bauernmädchens. Alles, was ich bisher geliebt hatte, war mir plötzlich verekelt: meine rätselvollen Spiele mit Franziska, meine Frömmigkeit, meine geheimen Entrückungen. Was waren sie im Vergleich zu diesem Leben, in dem alles offen dalag, alles von Farbe leuchtete und nach Erde und Sonne roch! Ich wollte so werden wie Vicki. Ich sah mich im roten Kopftuch im Stall stehen und Kühe füttern, auf dem Acker Steine lesen, ein Ochsengespann führen; schon stand ich breitspuriger auf der Erde. Da erblickte mich Vicki; sie aß von ihrem Brot und schien sich nicht weiter um mich zu bekümmern. Ich kam näher und stand endlich vor ihr. Kauend begann Vicki ein Gespräch, das einem Verhör glich, bei dem ich unsicher, gleichsam schuldbewußt, zögernd genaue Antworten gab. »Wie heißt du?« »Wem gehörst du?« »Wie alt bist du?« »Wo gehst du hin?« Als ich ihr alles gesagt hatte, was sie wissen wollte, sagte sie: »So so.« Sie aß ihr Brot zu Ende, dann stand sie auf. Schweigsam duldete sie meine Begleitung. Plötzlich fragte sie mit einem schiefen Blick auf meine Schuhe: »Warum läufst du nicht barfuß?« Ich zuckte beschämt die Achseln. Sie sagte verächtlich und vorwurfsvoll: »Bei dem warmen Wetter!« Ich setzte mich an den Wegrand und zog Schuhe und Strümpfe aus. Vor dem Hoftor zögerte ich. Sie sagte: »Kannst mitkommen.« Aber sie bekümmerte sich nun keineswegs um mich; sie ging ihrer Arbeit nach, streute den Hühnern Körner, trug einen Armvoll Holz ins Haus, kam und ging und war unablässig mit Wichtigem beschäftigt. Ich wartete, bis sie sich ausschließlich mir zuwenden würde. Es kränkte meinen Stolz, daß sie es nicht tat. Ich fühlte mich unsicher werden und erwog einen unbemerkten Rückzug. Allein die Geschäftigkeit des Gesindes, das Durcheinander von Menschen, Tieren, Wagen und Werkzeugen und die allem sichtbar innewohnende Zweckmäßigkeit hielten meine Aufmerksamkeit wach, und allmählich begriff ich, daß Vicki mich nicht aus Geringschätzung und böser Absicht vernachlässigte, sondern daß sie mir die Gesellschaft der Geräte und Tiere anbot, in der ihr selbstverständlichen Annahme, daß mir diese ebenso recht und genügend sei wie die der Menschen. Ich ging in den Stall, schlenderte an den Futterraufen entlang in angemessenem Abstand von den weichen feuchten Tiermäulern, wagte ab und zu eine zaghafte Berührung, ein rasches Krauen des rauhen Fells zwischen den Hörnern und kam auch zu einem von den andern abgesonderten

Tier. Es war ein mächtiges, schnaubendes Tier, das einen Ring in der Nase trug. Da stand plötzlich Vicki neben mir, zog mich zurück und sagte vorwurfsvoll und zugleich verächtlich: »Geh weg da! Das ist doch der Stier.« Dann sagte sie: »Geh mit, Hasen füttern.« Ich war glücklich darüber, daß sie sich meiner annahm. Aber sie führte mich nur vor den Kaninchenstall, zeigte auf die Wiese und sagte: »Hol Milchblumenblätter und Hasenschierling« und ging wieder. Ich pflückte eifrig Kräuter und junge Blätter und fühlte mich äußerst beschäftigt und wichtig. Ich sah mit Genugtuung, daß meine Hände vom Safte des Löwenzahns befleckt wurden, so wurden sie Vickis Händen ähnlich. Als ich die Hasen gefüttert hatte, war Vicki wieder da. Sie musterte schweigend meine Arbeit, nahm hier und dort einem Tier etwas Futter weg, gab einem andern mehr und sagte dann: »Jetzt schicht' ich Holz auf.« Sie sagte nicht: »Hilf mir dabei«; ihre Rede war nichts als eine Feststellung, sie gab es mir anheim, zu helfen, zuzusehen oder wegzubleiben. Wir gingen in einen Schuppen. Da lag ein Haufen gespaltenen Holzes. Ich reichte Vicki die Scheite, sie schichtete sie längs einer Wand auf, fest und so gerade, als arbeitete sie mit Lot und Wasserwaage. Das Holz war kürzlich erst geschlagen, es war Erlenholz mit feuchten rotgelben Schnittflächen, es roch frisch und herb. Ich arbeitete mit einem wachsenden inständigen Entzücken, wiewohl Rücken und Hände schmerzten. Als es zu dämmern begann, läutete die kleine Glocke, die in einem offenen Dachfirst-Türmchen hing. Vicki sagte: »Zum Essen läutet es.« Wir wuschen unsere Hände am Hofbrunnen, und ebenso selbstverständlich, wie ich mitgearbeitet hatte, ging ich nun mit ins Haus. Als ich aber in der großen Stube stand, wurde ich ängstlich. Vicki faßte mich am Arm und schob mich zum Tisch. Mittlerweile kamen Mägde und Knechte, umstanden den großen runden Tisch und schwiegen, denn sie waren müde und hungrig. Niemand beachtete mich. Zuletzt kamen Bauer und Bäuerin. Der Bauer bekreuzte sich und begann vorzubeten. Bei der zweiten Hälfte des Vaterunser fielen alle ein. Es war ein ganz anderes Beten, als wenn der Großonkel das Tischgebet sagte. Der Großonkel sprach die Worte deutlich aus, gab ihnen eine verschiedene Betonung, machte nach jedem Satz eine Pause. Hier aber war es, als rauschte ein Wald. Pausenlos strömte das Gebet hin, ich verstand die Worte nicht, Worte waren hier nicht wichtig, wichtig war der breit und ruhig hinrauschende Strom der Stimmen. Plötzlich brach das Gebet mit einer kurzen Stimmsenkung beim Amen ab. Bänke wurden gerückt, Löffel und Gabeln klapperten. Ich saß zwischen Vicki und der Bäuerin, die mich kannte. Sie nickte mir freundlich zu und schob mir einen Löffel hin. In der Mitte des Tisches stand eine große blecherne Schüssel mit dampfenden Kartoffeln; jeder am Tisch holte sich einige davon, legte sie vor sich auf die blanke Tischplatte, faßte in den Salztopf und häufte sich ein Hügelchen neben den Kartoffeln auf. Vor jedem stand ein brauner Weidling mit kalter Milch. Vicki schob den ihren näher zu mir. Wir schälten die Kartoffeln, tauchten sie ins Salz und bissen ab. Dazwischen löffelten wir Milch. Ich war an weißes Tischtuch, an goldgerändertes Porzellan, an Silber und an die anregenden Tafelgespräche des Großonkels gewöhnt. Aber dieses einfache schweigende Mahl in der dämmerigen Bauernstube war um vieles köstlicher. Es schien mir feierlich. Als ich mit meinen Schuhen und Strümpfen in der Hand, mit zerschundenen harzbefleckten Händen und schmutziger Schürze nach Hause kam, wurde ich mit Schelten empfangen.

Ich nahm sie gelassener hin als sonst und war von Heiterkeit erfüllt. Ich erklärte, ich sei bereits satt, und erzählte von meiner Arbeit bei Vicki. Die Mutter schüttelte den Kopf: »Was dir einfällt! Man hat Tag und Nacht keine Ruhe bei dem Gedanken, was dieses Kind alles anstellt.« Dann gebot sie mir, mit einer rauhen Bürste Schmutz von meinen Händen, Armen und Füßen zu entfernen. Ich tat es fröhlich und fiel dann selig müde ins Bett.

Fast täglich ging ich nun zu Vicki. Sie belehrte und erzog mich; sie zeigte mir die andere Hälfte des Lebens, jene, wo das Tätige und Tüchtige, das sichtlich Zweckvolle, Offene, Gesicherte herrschte, eine hellere Hälfte als jene, die ich kannte, die voll von Ahnung, Geheimnis, Tränen, Traum und Zauber war. Ich glaubte, einen endgültigen Schlußstrich unter meine verträumte, verschleierte Vergangenheit gemacht zu haben. Mit allen Kräften ergriff ich die angebotene Gegenwart. Ich lernte Kühe füttern und Holz spalten, ich half beim Heuen und beim Garbenbinden, ich trieb das Vieh auf die Weide und klaubte Kartoffeln aus dem Acker. Ich gehörte mit zum Hof. Ich wurde braun von Sonne und Wind, bekam Schwielen und Schrunden an den Händen und harte Fußsohlen. Es war eine herrliche Zeit. Ich lebte dieses Leben mit allen Sinnen. Ich wurde feinhörig für die verhaltenen Laute auf Wiese und Acker, ich lernte aus dem Tau, aus Wolkenformen, Vogelflug und Blattstellung das Wetter voraussagen, ich bekam eine Spürnase für die Gerüche verborgener Pilze und Kräuter, ich lernte die Fährte von Hund, Hase, Wildschwein und Reh unterscheiden. Vicki wurde nicht viel gesprächiger als sie am ersten Tag gewesen war, aber ich merkte an vielerlei Zeichen, daß sie mich gern hatte. Sie zeigte mir mit halb verstecktem Stolz verlegen den

Glasschrank in ihrer Kammer. In diesem Schranke gab es seltsame Kostbarkeiten: eine Puppe aus Watte, bunte duftende Wachsstöcke, Stöße von Heiligenbildchen, zwei gipserne betende Engelchen, ein Kränzchen aus gläsernen Blumen, Äpfel und Birnen aus wohlriechender Seife, dicke Silberschnüre und Silbertaler, und im untersten Fach lag, im Karton verpackt, eine Zither.

Wir hatten mancherlei Feste zu feiern, bei denen sich nichts Außergewöhnliches begab und die doch köstlich und unvergeßlich waren. Es gab zum Beispiel das Fest der Haselnußreife, eines der letzten, das wir zusammen feierten. Hinter einem Holzschuppen wuchs eine Hecke von Nußbüschen. Um die Nüsse zu erreichen, mußten wir auf das Dach des Schuppens klettern. Hier saßen wir rittlings auf dem First, nahe den reifsten Früchten, die sich dick und braun aus den vergilbten Blattkelchen drängten. Wir knackten sie mit den Zähnen auf und bewarfen uns mit den zersplitterten Schalen. Ich weiß nicht, was Vicki empfand in diesen Stunden. Mag sein, daß ihr im Geschmack der Nüsse der Geschmack des ganzen Herbstes beschlossen lag. Für mich war das Essen der Nüsse nur Zutat zu dem Genuß, so hoch zu sitzen, über die hügeligen, herbstlich leeren Felder hin zu schauen bis zu fernen gelbroten Wäldern und zu noch ferneren blauen Bergketten, und noch weiter bis dahin, wo nur mehr Luft und Himmel waren. Bei diesem Schauen empfand ich bis in mein Herz hinein, daß der Sommer unwiderruflich vorüber war — ein bittersüßes Herbstgefühl. Allein so deutlich ich vorausspürte, daß der Abschied von Vicki, vom Hof, von einer glücklichen Zeit nahe war, so wurde das schneidend Schmerzende dieser Ahnung nicht nur gemildert, sondern beinahe aufgehoben von einer immerwährenden Bereitschaft zu Wechsel und Wandlung.

Jener Herbst brachte wirklich den Abschied von Vicki, vom Kloster, von Sankt Georgen. Eines Tages erhielt meine Mutter einen Brief, in dem stand, daß mein Vater, der lange Zeit Gefangener gewesen war, zu Anfang des Winters heimkommen werde. Die Mutter sagte mir, daß wir im Spätherbst in die Stadt zurückkehren würden.

In diesen letzten Wochen häufte sich Abschied auf Abschied: der schöne, geliebteste Nußbaum im Garten mußte umgeschnitten werden; der erste Reif, früher und schärfer als sonst einfallend, verbrannte alle Blumen; der Kreuzgang im Klostergarten stürzte ein, und nur mehr eine einzige Säule hielt stand; Vicki zog in ein Nachbardorf, um einer verheirateten Schwester in der Wartung der Kinder zu helfen; und zuletzt starb der Hund des Großonkels, ein schöner Wolfshund, den wir sehr liebten. Er war von einem Jäger widerrechtlich erschossen worden.

Ich empörte mich, forderte, daß der Onkel den Jäger anzeige, ihn ins Gefängnis bringe; ich vergaß über meiner Entrüstung den Schmerz über den Verlust. Der Großonkel sagte: »Es ist viel Unrecht in der Welt. Gericht und Rache stehen uns nicht zu.« Ich aber sagte: »Wofür gibt es denn Gesetze und Richter und Zuchthäuser?«

Der Onkel sagte: »Es gibt Einrichtungen, die von Menschen gemacht sind, welche die Welt nach Recht und Unrecht scheiden: Recht nennen sie, was nützt, und Unrecht das, was schadet. Wer aber weiß wirklich, was nützt und was schadet?«

»Aber wenn unser Hund tot ist, dann ist das doch bestimmt, ganz und gar bestimmt ein Schaden.«

»Weißt du das wirklich sicher? Ein jedes Ding, das von uns geht, löst uns um ein weniges mehr von der Erde ab. Je weniger Gepäck wir haben, desto leichter wandern wir, nicht wahr?«

Ich war hartnäckig: »Aber du bist doch traurig, Onkel, ich sehe es dir doch an.«

»Ich bin ein Mensch und trauere als ein Mensch um etwas, das ich liebhabe. Man muß sich seiner Tränen nicht schämen. Tränen sind gut, Kind. Aber sieh, es ist etwas anderes, wenn ich weine und etwas festhalten will, was Gott mir nehmen muß, oder wenn ich weine und das Geliebte weinend hingebe. Verstehst du das?«

Ich verstand es ahnungsweise, es prägte sich mir tief ein, aber ich wollte es nicht wirklich verstehen. Ich lief laut weinend in den Garten. Der Onkel kam und fand mich. Ich schluchzte: »Immer kommt Trauriges, und immer wieder, und das wird nie aufhören und wird immer so sein.«

Der Onkel sagte ruhig: »Ja, das wird immer so sein.«

Er tröstete nicht, er sagte mir die nackte Wahrheit; ich erschrak vor ihr, aber sie stärkte mich, ich fühlte mich wissend geworden.

Am Abend begruben wir den Hund unter einer Eibe. Der Onkel selbst schaufelte die Grube und bedeckte seinen Hund mit Erde. Ich streute reifversengte Astern darauf. Dann standen wir noch eine Weile an dem Grab, so wie es Sitte ist, wenn man einen Menschen beerdigt hat. Als wir durch den Garten ins Haus gingen, sagte ich leise: »Onkel, du hast ja gebetet.«

Er sagte: »Ja.«

Ich fragte: »Hast du für den Hund gebetet?«

Er zögerte: »Für ihn, für alle Kreatur.«

»Aber ein Hund kommt doch nicht in Himmel oder Hölle? Wohin geht er? Sag, Onkel, was ist mit dem Hund jetzt?«

»Er kehrt heim.«

»Wohin ist das?«

»Das kann ich dir nicht sagen. Aber du weißt, daß Gott überall ist.«

Früher Novemberschnee deckte den Garten, als meine Mutter und ich Sankt Georgen verließen. Ich wandte mich nicht um, als das Postauto, das inzwischen die alte sonnengelbe Kutsche verdrängt hatte, aus dem Dorfe rollte.

Das Stadthaus

Fünf Jahre lang, während mein Vater im Krieg und in russischer Gefangenschaft gelebt hatte, war unsere Stadtwohnung unbewohnt. Ich war begierig, sie wieder zu sehen. In mir trug ich das Bild eines zweistöckigen Hauses mit breiter heller Front, mit hohen Fenstern und geräumigen Zimmern. Hinter dem Hause wußte ich einen großen Garten mit vielen Obstbäumen, vor dem Hause eine breite, schön gepflasterte, mit Bäumen gesäumte Straße. Als wir, vom Bahnhof kommend, in unsere Straße einbogen, begann vor meinen Augen, aber so, als geschähe es mir im Traum, eine gespenstische Veränderung: Straße und Häuser rückten dicht zusammen, schrumpften ein, wurden komisch und geschmacklos; die wenigen fast kahlen Bäume am Wegrand verkrüppelten zu kümmerlichen gestutzten Gewächsen; das Straßenpflaster krümmte sich; die späte Sonne, die noch eben durchs Gewölk gesickert war, verschwand gänzlich, und ein bleigraues frostiges Licht fiel aus den Wolken. Meine Mutter schien von der Veränderung nichts zu bemerken. Sie hastete mit Koffer und Reisetasche beladen wortlos vorwärts. Zwischen den grauen Häusern lag eines, das lichter war und einen kleinen freundlichen Vorgarten besaß. Ich wünschte, dies sei unser Haus; stumm hinter der Mutter herlaufend, beschwor ich das Schicksal, ihre Schritte dort hinein zu lenken. Aber wir gingen vorüber. Vor einem engen dunkelgrauen Hause stellte die Mutter aufatmend ihr Gepäck nieder. »So«, sagte sie, »da sind wir.« Ich blickte erschrocken an der Wand hoch. Das Haus hatte ein böses Gesicht, es war ganz und gar schmucklos, ich spürte, daß kein glücklicher Stern über ihm stand. Der Schlüssel knackte im Schloß, wir traten ein. Durchdringender Modergeruch wehte mir entgegen. Mir war, als sei hier jemand verstorben. Wenn ich einen Vorhang oder einen Schrank berührte, erwartete ich, daß sie unter meinen Händen zu Staub zerfielen. Die Mutter ergriff sofort tätig die Herrschaft über das Haus. Sie machte Feuer im Herd, rückte dies und jenes zurecht und war wohl glücklich, wieder daheim zu sein. Ich stand am Fenster und starrte in den Gartenhof, in dem ein paar kümmerliche Bäumchen standen und hinter dem sich drückend nah die Rückfront der nächsten Häuserreihe erhob. Es schien mir unmöglich, hier zu leben. Da erinnerte ich mich meiner Fähigkeit zu zaubern. Ich schloß die Augen und sammelte meine Kraft. Bald trat ich durch das Tor in den Klosterhof von Sankt Georgen, roch den Gartenduft, durchwandelte die Säle, hörte den Gesang der Klosterfrauen. Nun bedurfte es nur noch einer letzten höchsten Anspannung, dort zu bleiben. Als ich glaubte, den Höhepunkt der Beschwörung erreicht zu haben, öffnete ich die Augen und erwartete zuversichtlich, in Sankt Georgen zu sein. Aber ich mußte sehen, daß ich zurückgerissen worden war. Ich hatte einen Fehler gemacht in meiner Beschwörung, oder ich hatte meine Augen zu früh geöffnet. Wieder und wieder versuchte ich es; leicht gelang es mir, nach Sankt

Georgen zu kommen, nie aber vermochte ich mich dort zu halten.

Viele Wochen lebte ich mit der Mutter allein in dem grauen Hause. Die Rückkehr des Vaters verzögerte sich immer wieder. Ich mußte zur Schule gehen, ich tat es ohne Anteilnahme. Die Tage gingen freudlos hin. Ich verzehrte mich in verborgenem Heimweh nach dem Kloster. Die Mutter, die unablässig tätig war, merkte nichts von meinem Leiden. Sie stand in dauerndem Kampfe mit meiner Gleichgültigkeit den Dingen gegenüber, die ihr wichtig erschienen. Mir lag nichts daran, ob die Böden sauber waren, ob meine Schuhe blank und meine Schürzen fleckenlos waren oder nicht. Ich spielte nicht, lernte nicht, ging kaum jemals freiwillig aus dem Hause. In der leeren Dachkammer, die von dem durchgebauten Kamin mäßig erwärmt war, fand ich eine Zufluchtsstätte. Ich rückte eine Kiste ans Fenster und kauerte darauf. Stundenlang blickte ich durch die trüben Scheiben nach jener Seite, wo Sankt Georgen lag. Bei schönem Wetter glaubte ich in weiter Ferne die blauen Hügel zu erblicken, auf deren höchstem das Kloster lag. Ich dachte, ich würde dieses Leben nicht lange ertragen. Entweder kehrte ich eines Tages allein und heimlich nach Sankt Georgen zurück, zu Fuß wandelnd durch einsame frühwinterliche Gegenden, oder ich würde schwer erkranken und vielleicht sterben. Aber noch hatte ich eine Hoffnung: bald sollte der Vater zurückkehren. Auf ihn setzte ich alles. Ich erwartete ihn wie einen wohltätigen Arzt oder wie einen Zauberer, der dem Haus sein früheres Gesicht wiederzugeben vermöchte.

Eines Tages im Januar sagte die Mutter: »Heut abend kommt der Vater.« Ich befand mich den Tag über in einem Freudentaumel. Je näher aber der Abend kam, desto blasser wurde meine Fröhlichkeit, und als wir im frühen Winterabend frierend auf dem Bahnsteig standen, erlosch sie. Der Zug rollte ein, aus einem Abteil stieg ein Mann, auf den die Mutter zueilte. Langsam folgte ich ihr. Ich kannte diesen bärtigen Mann nicht mehr. Er gab mir eine kalte magere Hand. Die Mutter nahm seinen Arm und führte ihn langsam aus dem Bahnhof nach Hause. Sie erzählte ihm viel, er aber schwieg. Manchmal blickte er sie an, als verstünde er nichts von allem, was sie sagte. Diesen Blick behielt er auch, als er im hellen warmen Wohnzimmer vor dem festlich gedeckten Tische saß. Ich betrachtete ihn scheu. Manchmal sah er sich um wie ein gefangener Wolf. Er berührte kaum die guten Speisen. Ich dachte: Er ist sie nicht gewöhnt; sicherlich hat er rohes Tierfleisch gegessen in Sibirien. Die Mutter forderte mich auf, von der Schule zu erzählen und von Sankt Georgen; der Vater winkte müde ab. Als er aufstand und aus dem Zimmer ging, dachte ich: Nun kehrt er wieder zurück nach Rußland. Ich fühlte mit ihm, ich ahnte, daß er an einem ähnlichen Leiden erkrankt sei wie ich selbst: auch er fand das Haus verwandelt, eingeschrumpft, verkrüppelt; vielleicht sah er auch mich und die Mutter wie häßliche kleine Spukgestalten. Ein brennendes Mitleid mit dem Vater, dem Fremdling, ergriff mich. Ich stand auf und wollte ihn im Hausflur suchen, wollte ihm sagen, daß ich ihn verstehe, daß ich mit seinen Augen zu sehen vermöge, aber er ging an mir vorüber und bemerkte mich nicht.

Woche um Woche verging. Der Vater nahm seinen Dienst wieder auf, er schrieb, las Bücher, kam und ging, aß und trank, und tat, was das bürgerliche Leben von ihm forderte, aber er tat es, als begreife er Sinn und Zweck nicht mehr. Seine Augen behielten den scheuen, herumirrenden Wolfsblick. Der eindringliche Geruch der Fremde haftete ihm an. Für uns blieb er ein stiller kühler Gast, ein Schatten. Das Unheimliche an ihm zog mich zwar an, ängstigte mich aber unmäßig.

Der Frühling kam, der Föhn schmolz den Schnee hinweg, die Kinder spielten auf den trocknenden Straßen, ich aber saß in meiner Dachkammer und starrte aus dem Fenster. Ich spähte nicht mehr nach den blauen Hügeln.

Eines Nachmittags, als ich von der Schule nach Hause ging, begegnete ich einigen Wagen fahrender Leute. Die Wagen waren mit grauen Planen überspannt und von dunklen kleinen Pferden gezogen. Mein Herz stockte in jähem Schrecken: War mein Freund aus dem Walde dabei? Ich vergaß Heimweg und Schulaufgaben, ich folgte den Wagen. In einer Kiesgrube vor der Stadt machten sie halt. Die Pferde wurden ausgespannt. Dunkelhäutige Frauen und gefährlich aussehende Männer stiegen aus und begannen sofort ein geschäftiges Treiben. Sie schlugen Pfähle in den Boden, errichteten ein Zelt, stellten Gerüste auf und streuten Sägemehl. Ich erkannte, daß sie Vorbereitungen für einen Zirkus trafen. Spähend ging ich von Wagen zu Wagen, doch nirgends sah ich meinen Freund. Aber das bunte Leben der Zirkusleute bannte mich. Ich mischte mich unter sie, durfte hier und dort einen Handgriff tun: ein Zelttuch halten, eine Stange glänzend reiben, ein Seil zureichen. Ein etwa gleichaltriges Mädchen schloß sich mir an. Es zeigte mir, was es am Abend vorführen würde: es neigte sich im Stehen rückwärts bis zum Boden, ging auf den Händen, schlug Räder. Es ihr nachzutun, gelang mir nicht. Dafür konnte ich auf den Zehenspitzen stehen und so mich wirbelnd im Kreise drehen, eine Kunst, die ich mir mühelos bei meinen Tänzen auf der Pflasterrosette im Jagdsaal in Sankt Georgen erworben hatte. Die Zirkusleute kamen, sahen zu, klatschten Takt und riefen in dunklen Lauten begeistert Unverständliches. Ich tanzte, angefeuert durch ihre Zurufe, toll, berauscht, besessen. Plötzlich hielt ich inne, sah bei einem raschen Aufblick, daß es grauer Abend war, schlüpfte zwischen Menschen und Wagen hindurch und schlich ernüchtert, müde und elend nach Hause. Da ich jede Auskunft über mein langes Ausbleiben verweigerte, erhielt ich Schelte und Schläge. Ich hätte ihrer nicht bedurft. Zwar sagte ich mir, der Tanz sei herrlich gewesen; ich bereute, nicht noch mehr des Außergewöhnlichen, Zügellosen getan zu haben, und beklagte, daß ich zurückgekehrt war in die Gefangenschaft, statt mit den Fahrenden, denen ich mich tief verschwistert fühlte, in die weite freie Welt zu ziehen; eine andere Stimme aber sagte mir mit peinlicher Schärfe, daß ich unrecht getan hatte. Ich zermarterte mich, um zu finden, worin das Unrecht lag. Ich war nicht Kind genug, um wirklich glauben zu können, es liege in der Ungehörigkeit des Umherstreunens. Die Schuld suchte ich darin, daß ich Spiel und Lust verlangt und erlebt hatte, während über unserem Hause der frostige Stern der Freudlosigkeit, des geheimen Leidens hart und unverrückt stand.

Ohne daß ich es zunächst selbst bemerkte, verhärtete sich mein Wesen zu einem Block von blinder Auflehnung vor allem gegen die Mutter. Ich fand, daß sie den Vater quälte mit ihrem vielen Reden, ihrer ameisenhaften Geschäftigkeit. Auch mich quälte sie damit; ein Riß im Kleid konnte Ursache zu stundenlangen Vorwürfen sein. Noch Schlimmeres tat sie mir an, als sie begann, mein unhörbares untätiges Leben in der Dachkammer mit Mißtrauen zu verfolgen. Oft trat sie plötzlich leise ein und fragte Belangloses oder suchte etwas in einer Kiste, was nicht zu finden war. Eines Tages warf ich ihr in plötzlich aufflammendem Trotz einen Schuh nach. Es hatte qualvolle Folgen: sie berichtete die Untat dem Vater, und er, allmählich ihrem Einfluß sich öffnend, begann, mich mit großer Strenge zu behandeln. Das Dachzimmer wurde verschlossen, meine Beschäftigungen wurden überwacht, ich bekam vielerlei Hausarbeit zu tun unter den strengen forschenden Augen der Eltern. Häufig wurde ich mitgenommen zu Besuchen und Spaziergängen. Bald lernte ich, tagelang zu schweigen und unter den Blicken der Eltern hinwegzugleiten in meine Träume vom Kloster, von Gärten, Quellen; aber ich lernte auch, bitter zu werden und meine Eltern zu befeinden.

Der Winter ging hin, die häßliche Straße wurde verklärt durch das junge Laub der Bäume. Der arme kleine Garten hinter unserem Hause belebte sich, die Mauer überzog sich mit dem zarten Grün von Schlinggewächsen, und eines Tages fand ich einen Haufen dunkler fetter Erde in einem Winkel. Bei ihrem Dufte, der die bittersüße Erinnerung an Sankt Georgen, an Gärten, Äcker, Sommer und Freundschaft beschwor, zerbrach die Starre meines Herzens. Ich lehnte mich an die Mauer und weinte sanfte heilende Tränen. Ich beschloß, auf dieser guten Erde Blumen zu bauen. Eifrig, und im Eifer meinen Trotz vergessend, lief ich zur Mutter und bat sie um Samen.

»Wozu Samen?«

Schon verschloß sich unter ihren kühlen Augen mein Mund. Kälter als ich wollte, fragte ich: »Hast du Samen oder hast du keine?«

»So spricht man nicht mit seiner Mutter. Bitte anständig darum, dann sollst du sie haben.«

Ich fühlte brennenden Zorn aufsteigen. Schon wandte

ich mich zum Gehen, schon formte sich meine Antwort: »Dann laß ich's lieber bleiben«, da sah ich meine ersehnten Blumen vor mir und fühlte mich voller Versöhnung. Ich sagte: »Bitte, gib mir Samen, Blumensamen, ich möchte einen kleinen Garten an der Mauer anlegen.« Ich glaubte, die Mutter würde entzückt sein von der Eröffnung. Sie aber lachte: »Das sieht dir ähnlich. Da ist doch nur Schatten. Da gedeihen keine Blumen. Das laß nur sein, das ist ganz überflüssig. Grase lieber die Wege aus, das ist doch wenigstens von Nutzen.« Ich ging.

Einige Tage später erhielt ich von einer Frau in der Nachbarschaft einige Samen, ich wußte nicht, von welchen Blumen. Ich legte sie voll glühender Wünsche in die gute dunkle Erde.

Von jenem Tage an begann tief verborgen in mir die Heilung, langsam wie das Wachstum meiner Blumen, genährt aus geheimen innern Kräften, von einem guten Stern beschützt wie meine Blumen von meiner Liebe.

Der Großvater

In die Zeit des Sommeranfangs fiel ein Ereignis, das, wäre es früher eingetreten, mir viel Qual hätte ersparen können.

Eines Tages traf ich meine Eltern beim Lesen eines Briefes, auf dessen Umschlag fremde bunte Marken klebten. Diese Marken, dieser Brief strömten etwas aus, das, auf vorläufig unbekannte Weise, mich anging. Ich beobachtete, daß die Eltern bestürzt aussahen, als sie das Schreiben zu Ende gelesen hatten. Auch dies wurde mir zum guten Vorzeichen. Am Abend hörte ich, wie meine Mutter sagte: »Diese Arbeit soll ich auch noch auf mich nehmen? Ein so alter Mann braucht viel Pflege, er stellt Ansprüche. Mein Gott, wie wird das werden, wie wird das nur gehen?« Mein Stolz erlaubte es längst nicht mehr, Fragen an die Mutter zu stellen. Ich schwieg, wartete, träumte. Die Mutter richtete die Gästestube im Obergeschoß, und da ich ihr beim Überziehen der Betten helfen mußte, sagte sie: »Willst du denn gar nicht wissen, wer da kommt?« Ich zuckte die Achseln. Sie sagte: »Dein Großvater kommt aus Ostasien.« Nun, da das traumhaft Erwartete plötzlich einen Namen hatte, befiel mich eine leichte Ernüchterung. Ein Großvater ist ein alter Mann, er wird müde sein und vielleicht krank. Aber kam er nicht aus Ostasien? Es wehte ihm voraus der Duft der zauberischen Ferne, des Morgenlands, der seltenen Gewürze und kostbaren Hölzer.

Einige Stunden vor der Ankunft des Großvaters schnitt ich, einer Eingebung folgend, die ersten Blumen in meinem Gärtchen: samtrote Primeln, rosa gefüllte Gänseblümchen, Vergißmeinnicht und Stiefmütterchen, alle, die da waren, auch die Knospen. Aber noch schien mir der Strauß nicht schön, nicht kostbar genug. Ich schnitt von einem Alpenveilchenstock, der meiner Mutter gehörte, die schönsten Blüten ab, und mein feines scharfes Gewissen schwieg dazu. Unbemerkt von den Eltern brachte ich den Strauß in die Gästestube. Gegen Abend standen wir am Bahnhof, um den Gast abzuholen. Als der Zug einfuhr, bemerkte ich, daß das bisher mißlaunige Gesicht meiner Mutter eine maskenhafte Freundlichkeit zeigte. Der Zug hielt, und ich sah einen Mann in einem ungewöhnlich hellen Anzuge aussteigen. Ehe die Eltern ihn erblickt hatten, rief ich: »Da ist er«, und eilte auf den Hellgekleideten zu, den ich seit meinem vierten Jahre nicht mehr gesehen hatte.

»Kind«, sagte der Großvater und strich leicht über mein Haar. Dann kamen meine Eltern; die Mutter begann nach ihrer Weise sofort zu plaudern, zu fragen, zu planen. Vor dem Bahnhof rief der Großvater eine Droschke herbei. Die Eltern blickten sich an. Auf der Heimfahrt schaute ich unverwandt in das Gesicht des Großvaters und sah doch nichts als seine Augen, die aufmerksam und ruhig auf dem jeweils Sprechenden verweilten. Mir war, als hörte er nicht eigentlich, was man ihm erzählte, sondern folgte dem Laut der Stimmen wie einer Spur. Nach einer Weile schien er gefunden zu haben, was er gesucht hatte, denn sein Blick, der immer noch höflich gegenwärtig zu sein schien, war, ich spürte es, auf Unsichtbares gerichtet.

Als der Großvater in unserer Begleitung das Gästezimmer betrat, ging er sofort auf meinen Blumenstrauß zu, nahm ihn auf und betrachtete ihn. Dann wandte er sich an meine Mutter und sagte: »Ich danke dir.« Die Mutter sagte erstaunt: »Aber der ist ja gar nicht von mir, ich weiß gar nicht . . .« Sie blickte noch einmal auf den Strauß, dann auf mich und zog die Brauen hoch. Während die Eltern beim Auspacken des Handkoffers halfen, verließ ich leise das Zimmer, lief in den dämmerigen Garten, setzte mich in meinen Blumenwinkel und verspürte einen Hauch jenes kühlen frommen Friedens, der einzig den hohen Klosterräumen von Sankt Georgen anzugehören schien. Als ich zum Abendessen gerufen wurde, war ich kurze Zeit mit der Mutter allein. Sie deutete auf den beraubten Alpenveilchenstock: »Was fällt dir eigentlich ein? Das sind meine Blumenstöcke, an denen hast du nichts zu pflücken und zu schneiden, merke dir das.« Sie holte zu einer Ohrfeige aus, da aber in diesem Augenblick der Großvater eintrat, erfolgte weiter nichts.

Bald nach dem Abendessen zog sich der Großvater in sein Zimmer zurück. Ich wurde mit einem Glas Tee zu ihm geschickt. Ich traf ihn, wie er in einem dunkelseidenen Schlafrock, befremdlich prunkvoll, am offnen Fenster stand. Der duftende Rauch seiner Zigarette, der sich in den einströmenden Nachtgeruch des frühsommerlichen Gartens mischte, umgab ihn wie Weihrauch. »Danke«, sagte der Großvater, ohne sich nach mir umzublicken, und also verabschiedet, zog ich mich zur Tür zurück. Dort aber blieb ich stehen und sah ihn an, lange und eindringlich, in unbewußter Anstrengung, das fremde Wesen zu begreifen. Mit einemmal empfand der Großvater meine Anwesenheit. Als gäbe er einem stumm begonnenen Zwiegespräch nun Laut, fragte er: »Woran hast du mich erkannt? Hast du dich meines Gesichts erinnert, oder hat man dir ein Bild gezeigt?«

»Ein Bild? Nein. Ich weiß nicht.«

Er sagte: »Komm her.«

Ich trat ein wenig ängstlich neben ihn. Er nahm meine Hand. Schweigend blickten wir aus dem Fenster. Der mir durch und durch bekannte Garten war, da ich ihn noch nie von diesem Fenster aus und noch nie zu dieser nächtlichen Stunde gesehen hatte, mir völlig neu. Ich schrieb augenblicklich die Verwandlung der Kraft des Großvaters zu. Plötzlich erscholl die Stimme meiner Mutter: »Kommen!« Ich blickte fragend zum Großvater auf. Er sagte: »Geh nun. Nimm das Kästchen dort mit.« Ich griff nach dem Kästchen, schob es eilig im Vorbeilaufen unter einen Flurschrank und eilte die Treppe hinunter. Die Mutter schalt: »Bist du nicht klüger? Denkst du, der Großvater ist erfreut, so lang belästigt zu werden, wenn er müde ist? Wofür hab ich dich zum Anstand erzogen?« Ich mußte noch meine

87

Schulaufgaben machen, an die tagsüber niemand gedacht hatte, dann wurde ich zu Bett geschickt. Begierig holte ich das Kästchen aus seinem Versteck. Auf einem glänzend schwarzen Grunde war ein golden blühender Strauch dargestellt. Beim Öffnen strömte mir ein dumpfer süßer Holzgeruch entgegen. Und nun begann die scheu vorgenommene Zeremonie des Auspackens. Das Kästchen enthielt eine Kette aus roten schwarz getupften Beeren, die glänzten wie gefettet. Es enthielt ferner einen Streifen gelbwolligen Papiers, dessen Fläche randlos bedeckt war mit einem hundertmal wiederkehrenden Schriftzeichen. Darunter lag ein Beutelchen aus goldfarbener Seide, das etwas Flaches, Längliches barg und sich hart anfühlte wie ein Stein. Das Beutelchen war zugenäht und mit einer Schnur versehen, so daß man es wie eine Kette mit einem Anhänger um den Hals tragen konnte. Auf dem Boden des Kästchens lag, eng gefaltet, bunte schimmernde Seide. Ich hob sie heraus und entfaltete sie, einmal, noch einmal, wieder und wieder, bis sie völlig ausgebreitet war und sich als ein Umhangtuch erwies, in dessen hellen schimmernden Grund Bäume, Blumen, Tiere, Mond und Sterne, Flüsse und Brücken eingewoben waren. Darüber lag, wie der empfindliche Farbstaub auf den Flügeln eines Falters, der stumpfe Glanz einer Goldtönung. Das Tuch hüllte mich ganz ein und wog doch nicht schwerer in meiner Hand als ein wenig Flaum. Ich faltete es sorgsam wieder zusammen, bebend vor Glück, solche Kostbarkeiten zu besitzen. Da hörte ich die Schritte meiner Eltern auf der Treppe. Ich verbarg das Kästchen in meinem Bett und begann hastig mich auszukleiden. Die Mutter öffnete die Tür: »Schläfst du noch nicht? Nun aber marsch!« Sie drehte das Licht aus. Ich umfing mein Kästchen und schlief tief getröstet ein.

Am nächsten Tage bekam ich den Großvater erst am Abend zu sehen. Er war im Garten und betrachtete meinen bebauten Winkel. »Sieh her«, sagte er und hob da und dort die Blätter. Obwohl ich am Tage vorher alle Blüten und Knospen gepflückt hatte, sah ich viele neue kräftige aufbrechende Knospen im Grünen verborgen. Ich schrieb dies wunderbare Wachstum einem Zauberkunststück des Großvaters zu. Auch an diesem Abend durfte ich ihm den Tee in sein Zimmer bringen. Der Großvater hieß mich das Kästchen holen. Er sagte: »Es stammt aus Japan, weißt du, wo das ist? Es ist ein altes Kästchen, ich bekam es von einem Freunde. Er sagte, ich sollte es demjenigen weiterschenken, der mich bei meiner Rückkehr nach Europa als erster erkennen und begrüßen würde, dem allein bringe es Glück.« Der Großvater öffnete das Kästchen. »Diese Kette stammt aus Indien. Die Perlen sind Beeren eines seltenen Strauches, dem man starke Heilkraft zuschreibt. Diesen Papierstreifen bekam ich in Tibet in einem Bergkloster von einem Mönch. Es ist ein Gebetsstreifen. Die Kette wird dir wohl lieber sein als dieses Blatt«, fügte er lächelnd hinzu. Ich fragte: »Was steht darauf?« — »Das Schriftzeichen bedeutet mit unseren Worten ausgedrückt ungefähr: Mein Herz preise unaufhörlich.« Mir schien dies ein sonderbares und unvollständiges Gebet zu sein. Ich fragte: »Und wie heißt es weiter?« Der Großvater sagte: »Es ist hundertmal dasselbe Zeichen.« Ich dachte, dies sei ein langweiliges Gebet, aber ich sagte es nicht. »Und dieser Seidenschal«, sagte der Großvater, »stammt aus Indien.« Er knüllte ihn gleichmütig in seiner Hand zusammen, bis ich angstvoll ausrief: »Du machst ihn ja kaputt!« Aber als die Hand sich wieder öffnete, quoll, leicht wie der Wasserschleier aus einer Brunnenmuschel, der unversehrte Schal hervor, überströmte Hand und Arm und floß, ein schimmerndes Wellengekräusel, bis auf den Boden nieder. Aber noch mehr der Überraschung: der Großvater streifte seinen Ring vom Finger und stopfte lässig ein Ende des Schals in die Öffnung, und schon glitt schlangengleich das ganze große Tuch durch das kleine Rund. Nun lag noch das goldseidene Beutelchen unerklärt auf dem dunkeln holzduftenden Boden des Kästchens. »Und was ist dies, Großvater?«

»Ein Stein, ein Karneol, ein Halbedelstein.«

»Warum ist der verhüllt?«

Der Großvater legte mir die Schnur um den Hals: »Trage ihn hier, aber unter dem Kleid. Es ist besser, er ist verhüllt und du zeigst ihn niemand.«

»Bedeutet er etwas Besonderes? Ist es vielleicht ein Zauberstein?«

»Vielleicht«, sagte der Großvater, schloß das Kästchen und entließ mich. Als ich schon im Flur stand, öffnete er noch einmal seine Tür und sagte fast drohend: »Versuche nicht, mit dem Stein zu zaubern«, als kennte er meine geheime Sucht nach Zauberei, jener Kunst, die ein einziges Mal willfährig sich in meine Hand gegeben hatte, als ich im Klostergarten von Sankt Georgen in der Schlangenbeschwörung Theresens Tod erwirkt hatte.

An einem der folgenden Tage übersiedelte der Großvater in ein Haus, das auf einem Hügel über dem Flusse stand. Es war ein einstöckiger schloßähnlicher Bau mit hohen Fenstern und mit Flügeltüren, durch die man auf eine offene Terrasse trat, von der aus eine breite Treppe in Absätzen gleich steinernen Kaskaden mitten durch den Garten bis zum Flusse hinabstieg. Im Garten wuchsen Bäume, die so alt waren, daß Moose und Flechten wie lange grüngraue Schleier von ihren

Ästen niederhingen und vielerlei dunkles Schlingge-
wächs von Stamm zu Stamm ein Geflecht gebildet hatte,
das so dicht war, daß der beschattete Boden selbst im
hohen Sommer kühl und feucht blieb und Farne, viel-
gestaltige Moose, blasse Triebe des Fichtenspargels,
zarten blaublättrigen Wachtelweizen und andere bleiche lichtscheue Gewächse trug. Das Dickicht löste sich
gegen Süden auf in einen heitern Obstgarten, der sich
sanft zum Flusse senkte. Vor dem Hause blühten in
Gruppen auf den Raygrasflächen Iris und erste Rosen,
und später die blauflammenden Büsche des Rittersporns
neben Jasmin und Schlafmohn. An der Hauswand kletterte ein Weinstock empor, der einen reichen Ansatz
grüner Trauben zeigte.

An den schulfreien Nachmittagen durfte ich beim Ein-
richten des Hauses helfen. Ich wich nicht von der Seite
des Großvaters, wenn er die schweren eisenbeschlage-
nen Kisten öffnete. Ich hoffte dringend auf köstliche
Schätze. Die Kisten aber enthielten nichts als Bücher,
Notenhefte und Papierrollen, keine ausgestopften Gift-
schlangen, keine seidenen Gewänder, keine Flaschen
mit Gifttränken, nicht einmal eine jener großen schimmernden Muscheln, in denen hinter rosenroten gezähn-
ten Mündern das Meer rauscht. Auch das Leben des
Großvaters spielte sich durchsichtig ab. Sooft ich kam,
fand ich ihn vor Schriftrollen und Notenheften oder im
Garten, Rosenstöcke und Reben beschneidend. Insgeheim hoffte ich darauf, ihn eines Tages beim Hantieren
mit Phiolen und Mörsern, Pülverchen und Säften anzu-
treffen. Der Umgang mit derlei unsichtbare und oft gefährliche Kräfte bergenden Dingen, Inbegriff undurch-
schaubaren Wirkens, erschien mir ihm gemäß.

Zwei Gegenstände aber besaß der Großvater, die
stumm, doch eindringlich Zeugnis ablegten von einer

verborgenen Hintergründigkeit seines Lebens. Auf einem Wandschranke stand ein schwarzmarmornes Bildwerk: eine Tänzerin mit übergroßen starrenden Porzellan-Augen, behangen mit einer Kette aus kleinen Totenschädeln. Sie stand auf der Brust eines liegenden Mannes. In ihrer Linken trug sie ein abgeschlagenes Menschenhaupt, in der Rechten ein Schwert. Außer diesen beiden Händen besaß sie noch zwei, die Flügeln gleich erhoben waren. Gleichmütig und dennoch drohend sah das Bildnis auf mich herab, wenn ich wieder und wieder zu ihm aufblickte. Ich hoffte inständig, daß ich eines Tages den Mut aufbrächte, mit einer wenn auch nur flüchtigen Berührung den Kreis von Abwehr zu durchstoßen, der das Bildwerk deutlich spürbar von mir trennte. Obgleich ich mir sagte, daß es nichts als ein Steinbild war, was ich so fürchtete, wagte ich nicht, es auch nur mit Fingerspitzen zu betasten. Der Großvater, der dies Bildnis unbegreiflich zu seinem täglichen Umgange erwählt hatte, half mir nicht, und also blieb der Bannkreis unübertreten.

Auf dem Arbeitstisch des Großvaters stand ein anderes Bildnis. Es war aus dunkel patiniertem Metall und stellte einen Mann dar, der mit steil aufgerichtetem Oberkörper auf seinen untergeschlagenen Beinen saß und auf dem Kopfe einen helmartigen spitzen Schmuck trug. Eines Tages fand mich der Großvater, wie ich auf dem Boden vor dem Tische saß und versuchte, meine Beine in dieselbe Haltung zu bringen. Es gelang mir nicht.

»Laß!« sagte der Großvater mit ungewohnt strengem Tone, »versuche derlei Dinge nie.« Ich stand bestürzt auf.

»Warum soll ich nicht?« fragte ich leise und beschämt.

»Weil es unnötig schwierig ist.«

»Warum aber will der Mann durchaus so sitzen, wenn es so schwierig ist?«

»Für ihn ist es nicht mehr schwierig, er hat es jahrelang geübt.«

»Wozu aber?«

»Weil er in dieser Haltung am besten nachdenken kann.«

»Worüber denkt er nach?«

»Darüber, was er tun soll, um ganz gut zu werden.«

»Weiß er das nicht?«

»Nicht immer. Man vergißt das leicht.«

»Fällt es ihm gerade in dieser Haltung ein? Dann versteh ich aber nicht, warum ich nicht auch so sitzen soll.«

»Du bist nicht er.«

Mit dieser Antwort beendete der Großvater entschlossen das Gespräch.

Einige Tage später sagte er wie beiläufig: »Wenn ich tot bin, gehört diese Figur dir.«

Ich schrak zurück vor dieser unverhofften Gabe, die mir zugleich mit dem Tode des Großvaters verheißen wurde.

»Nein, nein«, sagte ich beklommen.

Der Großvater aber sagte: »Auch nicht, wenn ich dir sage, daß es mir lieb ist, dieses Bildwerk gerade dir zurückzulassen?«

Da nahm ich es an, so wie man eine Last auf sich lädt. Bald war mir der östliche Weise zum Bild des Todesengels geworden.

Meine Eltern hatten aus dunklen Gründen kein Gefallen an meiner Freundschaft mit dem alten Mann. Zwar verboten sie mir nicht, zu ihm zu gehen, allein ich spürte scharf den schweigenden Widerstand. Nie vermochte ich den Weg zum Hause des Großvaters ohne schlechtes Gewissen, ohne Trotz und leise Trauer zu gehen. Erst wenn das Gartentor auf dem Hügel hinter mir ins Schloß schnappte, konnte ich aufatmen und glücklich sein.

Im August mußten meine Eltern für mehrere Tage verreisen. Sie übergaben mich der Obhut des Großvaters. Gegen Abend eilte ich, mit einem Köfferchen beladen, den Hügel hinan, zum ersten Male leicht und ungetrübten Gemüts. Am Parktor schellte ich nicht, sondern überkletterte es, das Köfferchen vorauswerfend, und sprang dem Großvater fast in die Arme. Ich war unbändiger Freude voll, umtobte den alten Mann, sprang über Büsche, lachte und sang und störte mutwillig die Stille, die dem Haus und Garten so wesentlich innewohnte wie dem Kloster von Sankt Georgen. Der Großvater ließ mich lächelnd gewähren. Als nach und nach mein Übermut sich dämpfte, sah ich, daß der Großvater bleicher war als sonst. Auch schien es mir, als sei er müde. Doch war ich viel zu fröhlich, als daß ich diesen Zeichen Bedeutung zuerkannte, wenngleich flüchtig wie ein Wolkenschatten Unruhe mich überkam.

Als die Dämmerung einfiel, wurde ich zu Bett geschickt. Allein ich fand keinen Schlaf. Ich hörte Schritte auf dem Kiesweg. Ich lief ans Fenster und sah den Großvater durch den Garten wandeln. Bald hob er dunkel sich ab vom weißen Kiesband, bald tauchte er ein in die blaue Dämmerung eines Gebüsches. Lauter als am Tage rauschte im Tal der Fluß. Nacht und Garten lockten. Würde der Großvater böse sein, wenn ich mich ihm zugesellte? Ich schlich aus dem Hause, vermied den knirschenden Kies, schlüpfte unter den betauten Stauden hindurch und folgte wie sein Schatten lautlos dem still Hinwandelnden. Nah am Flusse hielt er inne, und ich sah, wie er seine Hand mit erhobenem Zeigefinger ausstreckte. Bald löste sich aus der Dämmerung ein heller Falter, umkreiste einige Male die Hand und ließ sich endlich auf dem dargebotenen Finger nieder, legte die Flügel aneinander und verweilte still, als hinge er an einem Grashalm oder Blumenstengel. So als entfielen weiße Blütenblätter den Baumkronen, flogen zwei, drei, zehn und noch mehr Falter herbei, umflatterten den reglos Verharrenden, schwebten mit leisem Schwirren drängend um die Hand, die gleich einer Nachtblüte bleich und offen dalag, entflatterten und kehrten wieder in lautlosem Spiel, bald wie ein blasser Lichtschein die reglose Gestalt umfließend, bald wie vom Wind verweht entweichend, bis eine scheuchende Bewegung der Hand sie in den Garten verstreute. Der Großvater schritt weiter durch die Wiese, ich schlich ihm nach. Das leise Rauschen des Grases verriet mich. Der Großvater rief meinen Namen, und ich ging zögernd zu ihm. Er nahm schweigend meine Hand, duldete meine Gegenwart ohne Einwände und führte mich durch den Garten, bis wir, feucht vom fallenden Tau, zu frösteln begannen und die steinerne Treppe zum Haus hinanstiegen. Ehe wir eintraten, sah ich, wie der Großvater sich mit einem tiefen Seufzer auf die Terrassenbrüstung lehnte.

»Großvater, was ist dir?«

»Nichts, Kind, ich bin ein wenig müde, das ist alles.«

Wieder streifte mich ein Bangen, doch ich schlug es in den Wind, als der Großvater sich aufrichtete und lächelnd und mit einem Scherzwort mich verabschiedete. Am Morgen aber lag er zu Bett. Die Magd kam und sagte, der alte Herr sei krank, ich dürfe aber zu ihm kommen. Auf Zehenspitzen betrat ich sein Schlafzimmer, das kahl war wie die Zelle einer Klosterfrau von Sankt Georgen.

»Großvater, bist du sehr krank?« fragte ich voller Angst und forschte zugleich in seinem Gesicht nach den Spuren eines Schmerzes.

Er lächelte: »Nicht sehr. Aber — setze dich hierher und erschrick nicht — ich werde sterben.«

Ich erschrak dennoch vor diesem Wort, aber ich begriff es nicht in seiner Bedeutung, ich glaubte es nicht, es war ein Wort, ein Spuk, ein Nichts. Gleich würde der Großvater es lächelnd als Scherz erklären und den Spuk zerblasen. Statt dessen aber griff er zusammenzuckend an sein Herz. Gleich darauf sagte er ruhig: »Geh nun ein wenig in den Garten und komm dann wieder.«

Ich setzte mich in ein dichtes Gebüsch und wartete. Plötzlich durchfuhr mich ein heftiger Schmerz: Wenn der Großvater stürbe, dann wäre ich ganz allein. Wie wäre das Leben zu ertragen ohne ihn, den Freund? Jedoch: war er denn wirklich so krank, daß er sterben mußte? Gab es nicht Ärzte, die Krankheiten heilen? Ich sprang auf und eilte zu ihm.

»Großvater, ich lauf jetzt in die Stadt und hol dir einen Arzt. Dann mußt du doch nicht sterben, nicht wahr?« Drängend und voll verzweifelnder Hoffnung blickte ich ihn an.

Er strich mir über meine Haare und sagte lächelnd: »Mir wird geholfen, wenn es Zeit ist.«

Ich hörte nicht die dunkle Melodie des Todes in diesem Wort, ich hörte nur die Tröstung und nahm sie gierig auf. »Wer hilft dir, Großvater?« Statt einer Antwort griff er wieder mit einem leisen Stöhnen an seine Brust. Angstvoll lauschte ich und dachte, es sei nun höchste Zeit für die vorausgesagte Hilfe. Vielleicht aber würde der Großvater selbst sich helfen. Er konnte Nachtfalter bannen, konnte Knospen locken aus dem Gekräut, konnte einen großen Seidenschal durch einen kleinen Ring ziehen, — konnte er nicht selbst sich heilen? Auf einmal wußte ich es: er würde den Schmerzen und der Krankheit die Herrschaft nur zum Scheine überlassen, so lange, bis sie ihn fast überwältigten. Im letzten Augenblicke aber würde er irgendein Wort sprechen oder ein Zeichen geben, und die dunklen Gespenster würden verwehen wie ein Traum. Der Großvater lag unbewegt. Nach einer Weile sagte ich leise: »Großvater?«

Er öffnete seine Augen und fragte: »Trägst du das Amulett?«

Ich nickte und holte es eifrig aus dem Ausschnitt meines Kleides.

»Einmal wolltest du erfahren, was dieser Stein bedeutet. Nun will ich es dir sagen: Der Karneol trägt eine alte Inschrift, die besagt, daß der Mensch, der dieses Amulett mit Wissen trägt, nicht heimisch werden kann auf Erden. Später begreifst du dies. Merke es dir gut, doch sprich darüber nicht.«

Nach einer Weile sagte er: »Bringe mir ein Glas und hole mir das Fläschchen dort aus dem Behälter.«

Er entkorkte die doppelt versiegelte Flasche, und augenblicklich entströmte ihr ein eindringlicher herber Pflanzengeruch, der das ganze Zimmer füllte. Der Großvater goß die farblose Flüssigkeit in sein Glas und trank es in einem langen Zuge leer. Befriedigt dachte ich: »Dies ist die wundertätige Arznei.« Getröstet saß ich nun neben dem Bett und blickte unverwandt auf den Großvater, der eingeschlafen schien. Ich wollte warten, bis er erwachte. Sein Atem ging sehr leise. Der Fluß rauschte, Bienen summten über dem Lavendelbeet, ein Vogel saß lange Zeit still auf dem Fenstersims, und der Geruch der welken Zentifolien zog schwer durchs offne Fenster in den kühlen Raum. Die Sonne schwand aus dem Garten, blaue Dämmerung strömte mit dem Abendgeruch betauten Laubs herein. Noch immer war der Großvater nicht wieder aufgewacht. Ich berührte zaghaft seine Hand. Sie war kalt. Ich zog die Bettdecke ein wenig höher und hüllte behutsam die frierenden Hände ein. Und wieder saß ich wartend. Die Nacht kam. Ich wagte nicht, Licht zu machen, um den Schlafenden nicht jäh zu wecken. Nach einer Weile kam die Magd mit Früchten und Getränk auf dem Tablett. Ich bedeutete ihr, sie möge leise sein, »der Herr schläft«. Lautlos entfernte sie sich.

Endlich schlief ich ein. Ich erwachte von einem kühlen Luftzug, der mich streifte. Graue Morgendämmerung stand im Raum, die ersten Vögel sangen, überlaut rauschte der Fluß. Ich blickte auf den Großvater. Da wußte ich, daß er tot war.

Erinna und Cornelia

Der Großvater war tot. Sein Haus wurde verkauft. Bücher, Hefte und Schriftrollen wanderten in ein Archiv; das Bildnis des Buddha verbarg ich in meinem Schranke bei dem schwarzgoldnen Kästchen. In der ersten Zeit nach dem Tode des Großvaters geschah es mir einige Male, daß ich den gewohnten Weg zu dem Hause auf dem Hügel ging und erst, da niemand mir das Parktor öffnete, daran erinnert wurde, daß Haus und Garten leer waren. Ich trauerte nicht übermäßig und nicht mit Tränen, denn ich vermochte noch immer mit dem Großvater zu sprechen, seine Stimme zu hören und den leichten fremden Duft zu riechen, der ihm anhaftete.

Einige Monate später erhielt mein Vater eine Berufung in eine kleine Grenzstadt. Diese Stadt besaß keine höhere Schule für Mädchen. Meine Eltern beschlossen, mich in die Landeshauptstadt zu schicken. Mir war es fast gleichgültig, was mit mir geschah. Froh war ich einzig darüber, daß ich das trübe enge Stadthaus verlassen durfte; doch von der großen Stadt und von der neuen Schule erhoffte ich nichts Gutes und Besonderes. Am letzten Tage vor der Abreise, die kurz nach Ostern erfolgen sollte, erfaßte mich Beklommenheit. Lange stand ich vor meinem kleinen Gartenwinkel an der Hofmauer; wieder blühten Gänseblümchen und Primeln, aber schon wucherte Unkraut üppig dazwischen, und ich ließ es geschehen, daß der Wildwuchs überhandnahm. Dann ging ich zu dem Hause auf dem Hügel. Noch immer stand es leer. Das Tor war von innen mit einer eisernen Stange versperrt. Ich sah zwischen den Gitterstäben hindurch, daß auf den Rasenflächen vor dem Haus Narzissen blühten. Ich überkletterte das Tor und pflückte alle Narzissen, einen ganzen Arm voll. Ich fügte Ranken von Efeu und Immergrün hinzu und Zweige von frühblühenden Forsythien. Mit diesem Strauße überkletterte ich das Gitter, eilte zum Friedhof und streute Blumen und Blütenzweige auf das Grab des Großvaters. Einen Strauß Narzissen behielt ich für mich. Ich legte ihn zu Hause in eine Schachtel, die ich im Koffer bei dem Buddha und dem schwarzgoldnen Kästchen barg.

Am nächsten Tage, der mein dreizehnter Geburtstag war, fuhr meine Mutter mit mir in die Hauptstadt, brachte mich in ein Pensionat, das nahe bei der Schule lag, und ließ mich allein zurück. Gleich am ersten Tage begann mein Kampf gegen dieses Pensionat. Ich hatte die Narzissen ausgepackt, hatte sie in einen Wasserkrug gestellt und mich bedrückt neben sie gesetzt. Ich war ganz allein in dem großen Schlafsaale. Da trat die Vorsteherin ein und sah mich und die Blumen. Sie sagte: »Blumen gehören nicht in den Waschkrug. Es ist hier Sitte, daß alle mitgebrachten Blumen mir übergeben werden. Ich werde sie als Altarschmuck in unsre Hauskapelle stellen.« Ich sprang auf, stellte mich vor den Krug und rief: »Diese Blumen gehören mir.« — »Widersetzlichkeit wird hier nicht geduldet. Die Blumen werden hergegeben.« Ich sagte leise, bebend vor Zorn: »Ich gebe sie nicht her.« Da griff sie nach ihnen. Ich aber war rascher, riß die Blumen aus dem Krug, lief durch den Schlafsaal, durch die Gänge und aus dem Haus. Jenseits der Straße waren Anlagen, die sich am Ufer eines Flusses hinzogen. Dorthin lief ich. Ich warf die Blumen ins Wasser und sah sie rasch hinweggetragen. Dann setzte ich mich auf eine Bank und dachte: »Nun kann ich nicht mehr zurückkehren.« Lange saß ich so. Plötzlich aber fiel mir ein, daß mein schwarzgoldenes Kästchen und mein Buddha in meinem Bett verborgen waren. Wenn man sie fände! Ich schlich ins Haus zurück. Niemand achtete auf mich. Inzwischen waren Zöglinge angekommen. Überall standen Koffer und Körbe, überall wurden Kleider und Bücher ausgepackt und in den schmalen Schränkchen untergebracht. Scheu und ohne aufzublicken ging ich an den Mädchen, die meist älter waren als ich, vorüber bis zu meinem Bett. Ich fühlte, daß die Schachtel mit meinen Kostbarkeiten noch da war. Doch das Versteck erschien mir nicht sicher genug. Ich zog die Schachtel unauffällig hervor und verbarg sie in meinem Schränkchen zwischen der Wäsche. Ein älteres Mädchen hatte mich offenbar beobachtet, denn es sagte streng: »Heimlichkeiten gibt es hier nicht. Wer etwas zu essen mitbringt und es versteckt und nicht mit allen teilt, wird angezeigt.« Leise sagte ich: »Hier ist nichts zu essen darin.« Das Mädchen sagte höhnisch: »Was wird es denn schon andres sein! Warte, du wirst noch manches lernen.« In diesem Augenblick schellte eine Glocke auf dem Flur. Es war Essenszeit. Während des Tischgebets sah ich, daß die Vorsteherin mich scharf anblickte. Ich schlug die Augen nieder. Endlich war das Essen und die Lesung, die es begleitete, zu Ende und auch die Abendandacht in der Kapelle überstanden. An der Kapellentüre stand die Vorsteherin. Jeder Zögling mußte ihr die Hand reichen. Auch ich tat es, allein sie übersah mich. Alle Mädchen kannten sich, alle hatten sich unaufhörlich zu erzählen. Ich ging rasch zu Bett. Bald wurden die Lichter des Schlafsaales gelöscht. Hie und da nur mehr hörte ich unterdrücktes Lachen und Flüstern. Als auch dieses verstummt war, stand ich auf, schlich an mein Schränkchen und holte meine Schachtel hervor. Ich fühlte die Umrisse des Buddha-Bildnisses und betastete seine Augen, Hände und Schultern, ich öffnete das schwarzgoldene Kästchen und streichelte die weiche leichte Seide. Innige Tröstung floß aus den Berührungen.

Am nächsten Morgen mußten wir sehr früh die Messe in der Hauskapelle hören. Ein junger dicker Geistlicher las sie. Ich hatte bis zu diesem Tage die Messe geliebt, den Kerzenduft, das Funkeln vergoldeten Holzes, das harte Rauschen des bestickten Meßgewandes und das murmelnde Beten des Priesters. Nun aber erschien mir alles schal. Ich ließ mein Gebetbuch geschlossen. Bei einem raschen Aufblick entdeckte ich, daß eine kleine Scheibe des grellbunten Fensters farblos war; durch sie hindurch sah ich den Wipfel eines Baumes, ein wenig Himmel, eine Wolke und einen fernen Turm. Dies kleine Bild war mir ein Ausblick in die Freiheit. Es entführte mich in eine weite Landschaft mit Wäldern, Hügeln, Dörfern. Beglückt durchwanderte ich diese Landschaft und war noch nicht aus ihr zurückgekehrt, als rings um mich die Zöglinge sich erhoben. Die Messe war zu Ende. In einem Zuge zu Paaren wurden wir am Flußufer entlang bis zur Hofpforte der Schule geführt.

Ich fand endlich mein Klassenzimmer, in dem ein wildes Durcheinander herrschte. Es wurde um Plätze gekämpft, geschrien, gelacht, mit Büchern geworfen; als ich, anscheinend der einzige Neuling, eintrat, wandten sich die Köpfe mir zu; sofort wurde ich in eine Unterhaltung einbezogen, nach Alter, Namen und Herkunft befragt, und darüber aufgeklärt, daß wir, falls ein kleiner alter Professor eintreten sollte, ohne zu grüßen aufstehen würden, um ihm unsere Abneigung kundzutun; falls eine magere Lehrerin, die einer Ratte glich und Fräulein Katz hieß, sollten wir leise miauen; auch sie war unbeliebt. Die Klasse erwartete auf keinen Fall Gutes von dem vorläufig noch unbekannten Klassenleiter; sie rüstete sich zum Widerstand. Als ich auf diese Weise eingeführt worden war, durfte ich meinen Platz wählen. Es waren nur mehr einige Plätze in der vordersten Reihe frei. Ich setzte mich nah an die Tür; hier fühlte ich mich der Freiheit am nächsten.

Nach mir trat ein großes, bleiches, dunkles Mädchen ein. Ich bemerkte, daß sie mit einiger Hochachtung empfangen und gegrüßt, aber nicht weiter angesprochen wurde. Sie setzte sich, ohne zu suchen und zu zögern, neben mich und schien sich um nichts zu bekümmern. Bald zog sie ein Buch aus der Mappe und begann zu lesen. Das Buch war kein Schulbuch; es enthielt Gedichte.

Ich fühlte an dem stärkeren wärmeren Fließen meines Blutes, daß ich nicht mehr allein war, daß ein Verwandtes mir hilfreich nahe war. Heimlich betrachtete ich meine dunkle Nachbarin. Sie hob gestört ihre Augen von dem Buch, sah mich an und sagte: »Eine Fremde! Ich heiße Cornelia. Und du?« Ich sagte ihr meinen Namen. Sie deutete mit den Augen auf die Schülerinnen und sagte: »Sie sind sehr laut; sie sind ruhelos wie junge Tiere und wissen von nichts.« Dann wandte sie sich weiter ihrem Buche zu. Ich verwunderte mich wenig über ihre Worte, denn mir war Seltsames vertrauter als Alltägliches; die Stimme aber hatte mich erregt; sie klang hochfahrend, schwermütig und voll verhaltener Leidenschaft.

Bald darauf schellte die Stundenglocke. Noch einmal erhob sich das fiebernde Gewirre der Stimmen. Jemand sagte: »Obacht, wenn's die Katz oder der Alte ist!« Da öffnete sich die Tür. Die Klasse erstarrte. Jemand sagte leise: »Ah!« Ich erblickte eine Frau, die schön war; ihre Haut war elfenbeinfarbig und ihr glattes Haar so schwarz, daß es bläulich schimmerte. Sie war noch jung. Hinter mir flüsterte es: »Eine Neue! Eine Fremde!« Die schöne Frau ging ans Pult und blickte auf uns, dann schloß sie die Hände in einer befremdlichen Weise zusammen und begann ein Gebet zu sprechen, das wir nicht kannten und das keinem unserer katholischen Gebete glich. Ich vergaß die Hände zu falten, ich blickte auf die fremde Frau und fühlte, wie sie mich ergriff. Dann forderte sie uns mit einer Gebärde zum Sitzen auf und sprach zu uns. Sie sagte, es sei ihr Wunsch, daß wir in ihr nicht eine Lehrerin sähen, sondern eine Freundin, und es schiene ihr weit weniger wichtig, daß wir dies und jenes uns einprägten, um gute Zeugnisse zu bekommen, als daß wir lernten, die Schönheit der Erde, die Gesänge der Dichter und die Stimmen der Freundschaft zu lieben und zu begreifen. Zum Schlusse gab sie uns einen Wahlspruch für die Woche. Er hieß: »Was wir sind, ist nichts; was wir suchen, ist alles.« Ich erschrak. Sie griff in mein Herz; sie gab meiner Sehnsucht das Wort; sie deutete mir die Unrast meiner Seele. Meine Augen füllten sich mit Tränen. Mein ganzes Wesen neigte sich mit solchem Verlangen ihr zu, daß mir schwindelte.

Dann begann sie zu unterrichten. Nun war ihre Stimme härter und kräftiger. Sie formte ihre Sätze sehr genau und verlangte auch von uns klare, scharf durchdachte Antworten. Die Klasse arbeitete mit atemlosem Eifer. Die fremde Frau beherrschte uns mit ihrem Blick. Ich wandte meine Augen nicht eine Sekunde lang von ihr; ich vermochte keine Antwort zu geben. Cornelia aber sprach oft, und ich sah, wie das Gesicht der Lehrerin mit ständig wachsendem Staunen und Entzücken der klugen reifen Schülerin zugewandt war. Mich traf kein Blick, so sehr ich ihn begehrte und beschwor. Am Schluß der Stunde sagte sie, für heute sei der Unterricht beendet, sie selbst aber bedürfe einiger Hilfskräfte beim Ordnen der Bibliothek. Die Klasse meldete sich stürmisch. Cornelia und ein anderes Mädchen wurden ausgewählt. Als die Lehrerin das Zimmer verließ, öffnete ich ihr die Tür, und da sie so nah an mir vorüberschritt, daß ihr Kleid mich streifte, flüsterte ich: »Darf ich auch helfen?« Sie sah mich an, dann sagte sie: »Komm!« Ich folgte ihr in die Bibliothek, durfte ihr Bücher reichen, Buchtitel ablesen, Schildchen auf Schutzeinbände kleben. Manchmal streifte mich ihre Hand oder, wenn sie rasch sich aufrichtete, auch ihr dunkles Haar. Die Bücher rochen alt und staubig; ich liebte diesen Geruch, er war mir heimatlich, er erinnerte mich an die Bibliothek von Sankt Georgen. Ich war glücklich, doch war mein Glück nicht ruhig und rein; es brannte in mir und ließ mich dennoch frieren; es erweckte meine Sinne und bedrängte schmerzhaft mein Herz. Einmal bemerkte ich, daß Cornelia erbleichte, als die Hand der Lehrerin versehentlich sie streifte.

Als wir die Arbeit beendet hatten, wurden wir verabschiedet. Cornelia und das andere Mädchen gingen nach Hause, ich verbarg mich hinter einer Säule der Eingangshalle und wartete, bis die Lehrerin kam. Sie ging an mir vorüber. Ich wagte nicht aus dem Versteck zu treten. Ich stand und schaute ihr nach, bis eine Wegbiegung sie meinem Blick entzog.

Als ich in das Pensionat kam, saßen die Zöglinge bereits beim Mittagessen. Die Vorsteherin erblickte mich. »Hierher!« rief sie. »Wo bist du so lange geblieben? Gestreunt?« — »Ich hatte Schule.« Sie glaubte mir nicht. Ich vermochte ihr nicht zu sagen, was mich aufgehalten hatte. Sie ordnete an, daß ich weder Suppe noch Nachspeise bekommen solle. Nach Tisch wurden wir, wieder zu Paaren, eine Stunde lang kreuz und quer durch die Anlagen geführt. Dann mußten wir an unsere Eltern schreiben oder sonst Nützliches tun. Ich saß erst träumend, dann schrieb ich auf ein Blatt: »Was wir sind, ist nichts, was wir suchen, ist alles.« Ich schrieb es genau hundertmal; dann saß ich wieder träumend, und dann war es Abend. Ich wartete auf den nächsten Tag, an dem ich »sie« wiedersehen durfte.

Am Morgen wurden wir wieder zur Messe geführt. Es traf sich, daß ich einige Plätze weiterrücken sollte, allein ich wollte jenen Platz am Bankanfang behalten, von dem aus ich durch die farblose Fensterscheibe den Baum, den Himmel und den fernen Turm sehen konnte. Ich kniete an diesem Platz nieder. Bald kam ein Mädchen und wollte in die Bank rücken. Ich bewegte mich nicht. Gutmütig stieg sie über meine Beine. Ein zweites Mädchen kam und stieß mich an. Ich schüttelte den Kopf, und auch sie mußte über meine Beine steigen. Als ich noch ein drittes Mal mich weigerte, bemerkte die Vorsteherin den stummen Kampf. Sie trat herzu: »Was geht da vor?« Das Mädchen sagte: »Die da will nicht nachrücken.« — »Rücke hinein!« befahl die Vorsteherin. Ich rührte mich nicht, sah sie aber mit einem Blicke an, der wohl so angstvoll flehend war, daß sie kopfschüttelnd die Sache auf sich beruhen ließ. Ich behielt meinen Platz und sah aufmerksam und selig, wie eine kleine weiße Wolke langsam auf den fernen Turm zuschwamm.

Der Kampf um meinen Platz wiederholte sich noch oft und trug mir viel Befeindung ein. Sie wog leicht gegen das tröstliche Glück des Ausblicks. Nach einigen Wochen aber ließ man mich gewähren und gewöhnte sich daran, so wie man sich auch daran gewöhnte, daß ich kaum jemals sprach und meist an irgendeinem Fenster saß und träumte.

In meinen Träumen durchwandelte ich zunächst noch die Gärten meiner Kindheit. Ich hatte wunderbare Begegnungen mit dem Großvater und mit dem Bildnis der schwarzen Tänzerin; auch Vicki, Franziska und der Waldknabe kehrten zu mir zurück. Bald aber begannen diese vertrauten Besuche auszubleiben, und ich sah nur mehr ein einziges Bild: Gestalt und Antlitz Cornelias, seltsam vermischt mit denen der Lehrerin. Noch war es ein fernes schönes Bild, das ich bewundernd und voll sanfter Trauer kommen und gehen sah, das ich nicht zu rufen und nicht zu halten vermochte und das wirklicher für mich war als jene Cornelia, die täglich neben mir in der Schule saß, und wirklicher als die Lehrerin, die mich in Deutsch und Geschichte unterrichtete. Sah ich die beiden in der Schule, so versank ich still und wunschlos in ihrem Anblick; kamen sie aber im Traum zu mir, so überfiel mich, von einem Tag zum anderen wachsend, großes Verlangen nach ihnen, und es kam die Zeit, in der dieses Verlangen aus dem Traume in den Tag trat und unbestimmt, doch glühend die geliebten Wesen zu umkreisen begann. Cornelia war wohl meine Banknachbarin, und wir besprachen dies und jenes, was die Schule betraf, aber niemals fiel ein Wort, das uns näherbrachte. In den Unterrichtspausen, in denen alle Mädchen fröhlich plaudernd im Garten sich bewegten, verschwand Cornelia. Eines Tages ertrug ich ihr Fernsein nicht mehr; ich suchte sie. Ich lief durch die langen Gänge, öffnete Türen, rief leise ihren Namen. Fast das ganze weitläufige Gebäude hatte ich durchirrt, da fand ich sie in einer Fensternische an der Speichertreppe kauern. Sie blickte unentwegt und wie entrückt über den Garten hin. Ich stand still, bis sie mich bemerkte. Gestört und hochmütig sah sie auf mich. Ich schämte mich, aber meine Sehnsucht überstürzte mich so, daß sie die Scham überwand.

»Cornelia«, sagte ich leise, »warum bist du so allein?«

Sie sagte: »Ich war es endlich müde, mich wegzuwerfen, Trauben zu suchen in der Wüste und Blumen über dem Eisfeld.«

Ich sagte: »Sprichst du das aus dir selbst?«

Sie hob die Schultern: »Ist das nicht gleichgültig?«

Ich nickte und sagte: »Aber ich, ich habe dich gesucht, Cornelia.«

»Warum?«

»Auch ich bin sehr allein.«

»Erträgst du es nicht, allein zu sein?«

»Nicht mehr, seit ich dich kenne.«

Wir blickten voneinander weg und schwiegen. Die Stundenglocke schellte; wir sahen die Mädchen im Hof sich sammeln und ins Haus zurückströmen.

Cornelia sagte: »Setze dich neben mich. Hier sieht man weit. Die Bäume sind schön und gut.« Plötzlich ergriff sie mit Leidenschaft meine Hände:

»Ja, du mußtest kommen. Ich habe dich längst erwartet. Du bist die einzige, die nicht gähnen wird, wenn ich ihr erzähle, was ich träume. — Sag mir: ›Bist du glücklich? Bist du jemals glücklich?‹«

»Nie«, sagte ich, »keinen Augenblick.«

»Warum ist das nur so, warum?«

Ich wußte die Antwort, mein ganzes Wesen wußte sie; mir schien, ich könnte sie aussprechen, jedoch mir fehlte das Wort. Cornelia verbarg ihr Gesicht in den Händen, und mich ergriff ein wilder Schmerz, als ich sie so trauern sah. Da hob sie ihren Kopf und sprach leise, doch in verzückter Erregung: »Manchmal bin ich glücklich. Ich weiß ein Land, voll von sanften Hügeln, die mit Ölbäumen und Rebengärten bedeckt sind; sie umschließen einen See; auf dem See schwimmt ein Boot mit einem weißen Segel, ganz allein, niemand steuert es, niemand sitzt darin; große weiße fremde Vögel fliegen über die Hügel, sie rufen nicht und singen nicht; die Sonne und der Mond und blaue Sterne wandern über den Himmel, und manchmal berühren sie den Wasserspiegel und die Wipfel der Bäume, und die weißen Vögel picken Sterne auf wie wilde Beeren. Ich gehe über das Wasser, ich pflücke Sterne, Vögel und irgend etwas aus der Luft zu einem Strauß, der so leicht ist, daß ihn der Wind hinwegweht aus meiner Hand; ich lache und tauche meine Hand in das Wasser. Niemand wohnt hier, niemand spricht, niemand geht außer mir.«

Sie schwieg. Ich sah das Land, ich kannte es, es war auch mein Land. Cornelia sprach weiter, nun aber in Leidenschaft: »Aber seit ich sie gesehen habe, kann ich nicht mehr allein sein in dem Land. Sie kommt von den Hügeln gegangen, sie setzt sich ins Boot, sie ruft den Wind und den Sturm. Sie nimmt mir das Land.« Ich wußte, von wem sie sprach. Sie ergriff von neuem meine Hand und sagte: »Wir wollen ihr einen neuen Namen geben, dann können wir von ihr sprechen. Wir wollen sie Erinna nennen, und niemand weiß es, nur du und ich. Sie ist schön; sahst du es, wie schön sie ist?«

Cornelias Worte trafen mich wie Blitze; in ihrem Licht erst sah ich klar, wie mein ganzes Sein an Erinna gebunden war und wie meine Nächte nichts anderes waren als Träume von ihr und meine Tage nichts als Verlangen.

Als wir uns endlich bewußt wurden, daß der Unterricht wieder begonnen hatte, war bereits die Hälfte der Stunde vergangen. Wir empfanden keine Angst vor Strafe. Als wir ohne Eile die Treppe hinabstiegen, hielt Cornelia plötzlich inne und sagte laut: »Höre: ein Gott ist der Mensch, wenn er träumt; ein Bettler, wenn er nachdenkt, und wenn die Begeisterung hin ist, steht er da wie ein mißratener Sohn, den der Vater aus dem Hause stieß . . .«

In diesem Augenblicke wurden wir angerufen, und wir erbleichten, denn Erinna stand vor uns. Sie blickte uns erstaunt an: »Habt ihr nicht Lateinstunde jetzt?« Wir vermochten kein Wort zu erwidern. Sie fuhr fort: »Was für seltsame Worte waren das, Cornelia, die du eben sprachst?« Cornelia schwieg. Erinna fragte: »Woher kennst du diese Sätze?« Cornelia hob ihr Gesicht und sagte: »Ich kann vieles aus dem ›Hyperion‹ auswendig.« Erinna wandte sich zu mir: »Und du, sage du mir, was tatet ihr dort oben?« — »Wir haben geredet.« Erinna sagte: »Wartet hier, bis ich wiederkomme.« Wir sahen, wie sie an unserem Klassenzimmer klopfte, wie der Lateinlehrer heraustrat und wie Erinna eine Weile mit ihm sprach. Dann kehrte sie zu uns zurück. »Nun kommt mit mir«, sagte sie, und wir folgten ihr in den Musiksaal, der eben leer stand. Ich fühlte so sehr ihre Nähe, daß ich zu vergehen glaubte. Ich hörte ihre Stimme wie von ferne. Sie sprach: »Ich halte es für eine unerhörte Pflichtverletzung, daß ihr euch während des Unterrichts im Hause umhertreibt.« Cornelia fuhr auf: »Wir haben uns nicht umhergetrieben. Und was mich betrifft, so liegt mir nichts, gar nichts daran, Latein zu lernen. Daß meine Nachbarin die Stunde versäumte, ist meine Schuld, denn sie suchte mich.« Erinna sagte: »Und du glaubst also das Recht zu haben, eine Pflicht, die du mit dem Eintritt in diese Schule übernommen hast, nach Belieben zu erfüllen oder nicht zu erfüllen?« Cornelia stand schweigend mit bleichen Lippen. Erinna sagte ernst und scharf: »Ein Mensch, der glaubt, von einem inneren Gesetze, von einem Drange seines Herzens das Recht abzuleiten, alle Bindung zu mißachten und nach seinem eigenen Sinne zu leben, der ist in meinen Augen ein Feigling, weiter nichts. Nur wer seine Pflicht bis ins kleinste zu erfüllen vermag und sich also völlig überwunden hat, dessen Herz ist frei zu hohen Flügen. Du kennst, Cornelia, da du so viel zu lesen scheinst, wohl auch das Wort: ›Nach seinem Sinne leben, ist gemein.‹« Da sank Cornelia mit einem leisen Schrei vor die Füße Erinnas und barg ihr Gesicht auf ihren Schuhen. »Sprechen Sie nicht so«, flüsterte sie, »Sie töten mich.« Erinna blickte auf sie nieder, und mir schien, als gewahrte ich eine Bewegung ihrer Hand, so als wollte sie über Cornelias Haar hinstreichen. Doch sie tat es nicht. »Steh auf«, sagte sie streng, »was sind das für Geschichten. Bezähme dein Herz.« Sie wandte sich zu mir: »Geh nun in das Klassenzimmer. Du brauchst dich nicht zu entschuldigen für das Versäumnis, ich habe es bereits für dich getan.« Ich ging, einer Ohnmacht nahe, aus dem Zimmer.

Als Cornelia nach Schluß der Stunde eintrat, war sie totenbleich. Sie erzählte mir kein Wort der Unterredung, und ich fragte nicht. Als wir uns vor dem Schulhaustor verabschiedeten, sagte sie: »Sie ist streng wie ein attisches Götterbild. Sie wird mich zerstören und wird es nicht wissen.« Ich glaubte, daß Cornelia irrte; ich hatte Erinnas leise Bewegung gesehen über Cornelias Haar. Doch ich ahnte, daß ein dunkles Schicksal sich bereitete für Cornelia, ich sah ein fernes Wetterleuchten. In ungestümem Mitgefühl bot ich mich an, sie zu begleiten, sie zu trösten mit einem Weiterspinnen unseres Traumes von dem Land der Hügel und Gestirne, dem ich den Namen Sol gegeben hatte. Doch Cornelia sagte: »Laß mich für heute.« Und sie ging von mir, ohne sich umzublicken.

Als Cornelia am anderen Tage neben mir saß, bemerkte ich, daß sie ihre Hände zur Faust geschlossen hielt und auch beim Schreiben die freien Finger heftig in die Handfläche drückte. In der Pause, als wir allein waren, sagte sie: »Schau.« Sie öffnete ihre Hände, und ich sah, daß sie in jedes Handinnere ein großes E geschnitten hatte. Die Wunden bluteten, wenn sich die Handflächen spannten. Ich bewunderte Cornelia, aber ich wußte, daß ich derartiges nie tun würde. Ich sagte: »Wenn sie das sähe.« — »Schweig«, rief Cornelia, »schweig mir von ihr. Sprich nicht mehr ihren Namen aus. Sie ist ein Marmorbild, hart und kalt.« Ich schüttelte den Kopf. Cornelias Leidenschaft bestürzte mich, die selbst zum äußersten erregt war. Cornelia rief: »Bezähmen soll ich mich, sagt sie, bezähmen! Ich hasse dieses Wort. Brennen will ich, und sollte ich sterben dabei.« Leise und geheimnisvoll fügte sie hinzu: »Ich will dir etwas sagen: ich suche den Tod.« Auch ich kannte dieses Suchen nach dem Tode, aber ich kannte es als sanfte Sehnsucht nach jenem vogelleichten Auffliegen, wie ich es beim Tode des Großvaters erlebt hatte. Cornelia aber suchte nicht Tod, sie suchte Untergang, das fühlte ich mit Entsetzen. Mein eigenes Wesen ernüchterte sich an ihrem Übermaß, und meine leidenschaftliche Liebe zu ihr, die viele Wochen lang mein Verlangen nach Erinna zu übertönen vermocht hatte, wandelte sich in warmes trauerndes Mitleid. Cornelia sah aus wie eine Kranke. Ich bemerkte, daß Erinnas Blicke oft mit einem Ausdruck tiefen Kummers auf ihr ruhten. Cornelia, die bisher mit ihren Antworten und schriftlichen Arbeiten unsere Lehrer in Erstaunen und die Mitschülerinnen in neidvolle Begeisterung versetzt hatte, sie begann, verkehrte Antworten zu geben oder überhaupt zu schweigen; sie machte keine der aufgetragenen Hausarbeiten, und bei den Trimesterprüfungen schrieb sie Arbeiten, die mit den schlechtesten Zensuren versehen werden mußten. Die Lehrer versuchten, ihr seltsam verändertes Wesen wieder in die gewohnte Bahn zu lenken. Auch Erinna rief sie einige Male zu sich, doch Cornelia kam doppelt verstört von diesen Unterredungen zurück. Eines Tages kurz vor Ferienbeginn sagte Cornelia zu mir: »Das Land Sol beginnt sich aufzulösen. Die Vögel wittern bereits den Untergang, sie ziehen fort. Die Hügel stehen nicht mehr an ihrem Platz. Das Segel ist eingezogen.«

»Ach Cornelia«, flehte ich, »sprich nicht so fürchterlich. Sieh doch: die Ölbäume haben Knospen, sie werden frisches Laub tragen. Am Seeufer wird eine Hütte erbaut, darin wollen wir wohnen, und Erinna wird uns am Abend besuchen.«

Sie schüttelte den Kopf: »Es ist vorbei, fühlst du es nicht? Nur Kinder träumen so. Ich bin kein Kind mehr, ich weiß schon viel zuviel.«

Vor Ferienbeginn hatte ich an meine Eltern geschrieben, ob ich eine kranke Freundin mit nach Hause bringen dürfte. Die Mutter antwortete, es sei unmöglich, da wir Verwandtenbesuch erwarteten. So mußte ich meine bleiche Freundin zurücklassen, als ich am ersten Ferientag nach Hause fuhr. Die Eltern waren unzufrieden mit meinem Zeugnis; auch hatten sie einen Brief der Pensionatsvorsteherin erhalten, in dem ich vieler kleiner und größerer Verstöße gegen die Hausordnung angeklagt war. So verliefen die ersten Ferienwochen trübe.

Die kleine Stadt, die ich nicht kannte und nun auf langen einsamen Gängen erkundete, bot mancherlei Tröstliches. Da war vor allem der Fluß, der glasgrüne rauschende Gebirgsfluß, in dem, festgekettet, große Boote schwammen, in denen ich liegen und träumen konnte. Der See im Lande Sol verwandelte sich in diesen Wochen zu einem breit hinströmenden Flusse; die Ölbäume wurden zu mächtigen alten Weiden und zu Pappelreihen. Die Vögel waren Möwen, die gleich schimmernden Pfeilen über das Wasser flogen. Allein ich fand keine reine Freude, so sehr ich auch bestrebt war, Erinna und Cornelia zu vergessen. Ich badete, schwamm durch den reißenden Fluß, lief lange Strecken weit im Sand, übte Handstand und Radschlagen; doch in den Nächten kehrte die Erinnerung mit heftigem Anprall zurück, und ich sehnte mich verzehrend nach Erinna und Cornelia. Manchmal vermischten sich Traum und Erinnerung, und ich sah Cornelia als einen schwarzen trauernden Stern im Lande Sol über dunklen Bäumen umherirren, während Erinna, ein blau funkelndes Gestirn, bald hell aufleuchtend dem schwarzen Stern sich näherte, bald, sich verschleiernd, in der Wassertiefe versank.

Endlich war auch der letzte Ferientag vergangen, und ich kehrte zurück zu Stadt und Schule. Cornelia schien erholt und heiterer zu sein. Die Wunden in ihren Händen waren vernarbt. Auch Erinna sah fröhlich aus. Sie kam aus dem Süden. Ihre Haut war leicht gebräunt. Das neue Trimester schien unter einem glücklichen Zeichen zu stehen. Cornelia und ich sprachen wieder vom Lande Sol. Cornelia zeigte mir ein Bild, das sie während der Ferien gemalt hatte; es war voll leuchtender Farben. Unsere Freundschaft wuchs; von Tag zu Tag wurde sie inniger. Cornelia war so willig, mich zu lieben und meine Liebe zu empfangen. Es lag ein stilles herbstliches Licht über diesen Wochen. Noch trug ich ein leise schmerzendes Ungenügen in mir: es war mir, als dürfe ich vor der geliebten Freundin kein Geheimnis zurückbehalten; ich aber hatte ein Geheimnis, das schwarzgoldene Kästchen, den Buddha und das Amulett. Eines Tages brachte ich das Kästchen und den Buddha mit in die Schule. In einer Pause gingen wir in unser Versteck an der Speichertreppe, und ich zeigte Cornelia meine Schätze. Sie befühlte entzückt das weiche Seidentuch, sie legte mir die rote Beerenkette um den Hals, und sie betrachtete das Bildnis des Buddha. Ich erzählte nichts von dem, was mir der Großvater darüber gesagt hatte, doch ich erkannte, daß sie aus sich selbst das Bild verstand, denn sie sagte: »Der ist ganz in Frieden.« Sie seufzte, und mir war, als litte sie sehr und als bemerkte ich ihr Leiden nur deshalb nicht mehr, weil es sich in viel größere Tiefen eingegraben hatte.

Noch immer verbarg ich etwas vor ihr: mein Amulett. Zwar hatte der Großvater gesagt: »Zeige es niemand«, allein was konnte es mir helfen, wenn die geliebte Freundin nicht Anteil nehmen durfte? Vielleicht würde es ihr Glück bringen. Lag nicht heilende Kraft in ihm? »Tu es nicht«, mahnte eine Stimme in mir, doch mein Herz riß mich hin. Ich zog das Amulett aus meinem Kleidausschnitt. »Was ist das?« fragte Cornelia. — »Ein Amulett, ein Zauberstein. Wer ihn besitzt, wird nie und nimmer heimisch auf Erden. Der Großvater hat ihn mir aus Indien mitgebracht.« Sie befühlte behutsam und ehrfürchtig den Stein durch die vielfache Seidenhülle. Ich erzählte ihr zum erstenmal von meinem Großvater, und mir war, als legte ich damit mein Leben in ihre Hand.

Noch an demselben Tage geriet ich in große Bedrängnis. Als ich gegen Abend das schwarzgoldene Kästchen und den Buddha wieder in meinem Pensionatsschränkchen verstecken wollte, stand unversehens die Vorsteherin hinter mir. »Was hast du im Schrank zu kramen?« Ich schwieg und schob eilends Wäsche über meine Schätze, allein die scharf bebrillten Augen hatten sie bereits erspäht. »Was versteckst du da?« Ich konnte nicht sprechen, so sehr war ich erschrocken. »Heimlichkeiten dürfen nicht geduldet werden.« Ich mußte sehen, wie die fremden Hände in meiner Lade wühlten und das Bildnis des Buddha ergriffen. Anscheinend wußte sie mit dem Funde nichts zu beginnen; sie nahm ihn schweigend an sich und ging. Ich blieb vor dem beraubten Schränkchen kauern. Was sollte ich tun? Ihr nacheilen, ihr die Herkunft des Bildnisses zu erklären, sie anflehen, es mir wiederzugeben? Ich vermochte es nicht. Stolz und Angst lähmten mich. Ich begriff, daß ich mich in Gefahr befand.

Am nächsten Morgen nach der Messe wurde ich ins Empfangszimmer gerufen. Der dicke Geistliche saß am

Frühstückstisch und kaute. Ich mußte eine Weile warten, bis er sich mir zuwandte. Auf dem Tische stand mein Buddha. Der Geistliche wies auf ihn: »Wie kommst du dazu, ein solches Ding zu besitzen?« Ich schwieg, denn auch zu ihm konnte ich nicht von meinem Großvater sprechen.

Die Stimme, die sonst auch bei strengen Ermahnungen sanft und ölig blieb, wurde scharf: »Ich nehme an, daß du dir dessen bewußt bist, was dieses Bild bedeutet.« Ich nickte, denn dessen war ich wirklich mir bewußt. »So hast du also mit vollem klarem Wissen ein Götzenbild in deinem Besitz.« Er blickte mich drohend an. — »Götzenbild?« sagte ich leise, »nein, das weiß ich nicht.« — »Rede die Wahrheit: du weißt, wen dieses Bild darstellt?« Ich nickte. »So weißt du also auch, daß es ein Götze ist, der von einer Schar von Feinden des Christentums an die Stelle unseres Heilands gesetzt, also ihm gleichgesetzt, für Gott erklärt und als Gott angebetet wird.« Ich starrte ihn an und verstand ihn nicht, doch kam mir eine flüchtige Erinnerung an ein belauschtes Urteil der Mutter über meinen Großvater: »Er ist Buddhist und betet dieses Götzenbild an.« Als ich schwieg, sagte der Geistliche: »Es ist gut, daß du nicht leugnest. Ich kann dir aber jetzt schon sagen, daß derartig gefährliche Elemente, wie du eines zu sein scheinst, nicht in der Gemeinschaft der guten rechtgläubigen Kinder dieser Anstalt geduldet werden. Geh!« Ich griff nach meinem Buddha. Der Geistliche aber sagte: »Der Götze bleibt vorläufig in meinen Händen. Alles Weitere wird dir zur rechten Zeit mitgeteilt werden.«

Als ich in die Schule kam, blickte Cornelia mich forschend an: »Du bist ja ganz bleich. Was hast du erlebt?« Ich sagte: »Später sage ich es dir, ich kann jetzt nicht.« Aber schon während der ersten Stunde schrieb ich auf einen Zettel: »Sie haben meinen Buddha entdeckt und sagen, es sei ein Götzenbild, und sie halten mich für eine Ungläubige, und ich glaube, sie werden mich aus der Schule werfen.« Cornelia schrieb zurück: »Die Hohlköpfe, die Narren. Laß sie. Habe Vertrauen. Sprich mit Erinna.« Ich erbebte. Ja, dies war ein Weg: ich würde mit Erinna sprechen, und alles würde ich ihr offenbaren.

In der Pause sah ich Erinna im Garten, aber sie war im Gespräch mit einer anderen Lehrerin. Nach der Schule lauerte ich in den Anlagen, durch die ihr Weg führte, allein sie schien schon nach Hause gegangen zu sein. Ich hoffte auf den nächsten Tag. Aber nicht Erinna hielt die Deutschstunde, sondern eine andere Lehrerin, und sie sagte uns, daß Erinna erkrankt sei. Cornelia und ich sahen uns erbleichend an.

In der Pause wurde ich ins Direktorat gerufen. Der Direktor, ein strenger ernster Mann, saß hinter einem Tisch, an dessen Schmalseite der dicke Geistliche saß. Der Direktor begann ein Verhör. Ich war so sehr erschüttert von der Nachricht von Erinnas Krankheit, daß ich nicht recht begriff, daß dieses Verhör mich anging. Ich fühlte, daß man mir unrecht tat, allein ich war hilflos, und ich schwieg. Während die beiden Männer auf mich einredeten, irrten meine Gedanken zu Erinna. Ich hörte, wie der Direktor zu dem Geistlichen sagte: »Und die Eltern dieser Schülerin sind mir als streng katholisch bekannt. Es soll sogar ein höherer geistlicher Würdenträger in der Familie sein.« Mit dem Hinweis darauf, daß der Beschluß des Lehrerrates abgewartet werden müsse, wurde ich entlassen. Der dicke Geistliche ging zugleich mit mir. Vor der Türe sagte er: »Armes verblendetes Kind, du dauerst mich. Heute nachmittag habt ihr Schulbeichte. Bekenne reumütig die Sünde des Zweifels und des Unglaubens, damit du wenigstens vor dem göttlichen Richter Verzeihung erlangst.«

Cornelia erwartete mich. Als ich ihr sagte, daß wir Schulbeichte haben würden, faßte sie meine Hände und flüsterte: »Du, dann hast du ja Ausgang aus dem Pensionat.«

»Ja, das habe ich wohl.«

»Hör doch, dann kannst du ja zu Erinna gehen.«

Ich erschrak: »Nein, dies wage ich nicht, nie und nie tu ich das.«

»Doch, du mußt, du wirst es tun.«

Und sie überredete mich so, daß ich, statt zur Beichte zu gehen, in die Stadt lief. Ich fand die Straße, in der Erinna wohnte; ich las ihren Namen auf einem Türschild, ich umstrich das Haus, blickte zu ihren Fenstern empor und, was ich lange nicht mehr getan hatte, versuchte zu zaubern. Ich dachte so inbrünstig und gesammelt an sie, daß ich sicher war, sie könne dem Ruf nicht widerstehen, sondern würde meine Nähe fühlen, ans Fenster treten und mich sehen. »Erinna« flüsterte ich zehnmal, zwanzigmal. An einer entfernten Straßenecke erblickte ich eine Blumenverkäuferin. Mein Geld reichte für eine einzige der schönen späten weißen Rosen, die sie feilhielt. Wieder umstrich ich Erinnas Haus. So verwirrt, so zerrissen von Sehnsucht und Trauer war ich, daß ich nicht einmal versuchte, vor den Blicken der Vorübergehenden meine Tränen zu verbergen. Ich starrte auf den Drücker der Klingel: Hier ist die Glocke, dachte ich, hier ist das Tor, hier wohnt sie. Eine kleine Bewegung meiner Hand, und ich kann eintreten, kann sie sehen, ihre Stimme hören. Warum stehe ich hier und weine, statt diese kleine Bewegung zu machen? Da öffnete sich das Tor und ein Mädchen, wohl Erinnas

Bedienerin, trat heraus. Freundlich fragte sie: »Willst du zum Fräulein Doktor? Aber jetzt kannst du nicht zu ihr, sie ist krank. Soll ich ihr die Blume da geben?« Ich nickte. »Und was soll ich ihr sagen, von wem die Blume ist?« Ich flüsterte: »Von niemand.« Sie lachte gutmütig. »Schön also, ich sage ihr: niemand hat diese Rose abgegeben.« Sie ging rasch ins Haus zurück. Ich wankte über die Straße und mußte mich an ein Parkgitter lehnen, so sehr bebte ich. Mir war, als sei mein Leben mit dieser Stunde zu Ende.

Da klirrte ein Fenster. Ich hörte meinen Namen. Erinna stand am Fenster. Sie rief mich zu sich. Langsam kam ich. Da war ihr Zimmer. Ich sah nichts als ihre Augen; sie schienen größer zu werden, indem ich in sie blickte, größer und dunkler, Funkenkreise sprangen aus ihnen; ich spürte, daß ich ohnmächtig wurde.

Als ich erwachte, lag ich auf einem Ruhebett. Erinna saß neben mir. Ich schloß meine Augen und fühlte ihre Nähe. Sie sprach leise: »Kind, komm doch zu dir. Hier ist Tee.« Sie bot mir eine Schale, und ich trank. »Und nun erzähle: was ist geschehen?« Ich entsann mich kaum des Vorgefallenen; es galt nicht mehr; ich war bei ihr, selig, ein wunschloses Kind. Sie ließ mir Zeit. Sie fragte mich nach meiner Kindheit, und sie traf mitten in mein Wesen. Ich begann zu erzählen; zum erstenmal in meinem Leben öffnete ich mich so; zuletzt sprach ich auch von dem Verhör. Sie hielt meine Hände, als ich zu Ende erzählt hatte. Sie sagte: »Beunruhige dich nicht des dummen Verhörs wegen. Ich werde dir beistehen. Aber sieh, es wird nicht das letzte Mal sein, daß du zusammentriffst mit der Stumpfheit. Auch ich habe zu kämpfen in der Schule, auch ich werde mißverstanden, ich stehe ganz allein. Doch ich weiß mich gern im Streite mit den seichten Herzen. Kennst auch du Cornelias

Lieblingsdichter?« Sie trat an den Schreibtisch, auf dem geöffnet ein Buch lag. Sie las: »Ja, ein göttlich Wesen ist das Kind, solang es nicht in die Chamäleonsfarbe des Menschen getaucht ist ... Reichtum ist in ihm, es kennt sein Herz die Dürftigkeit des Lebens nicht ... Aber das können die Menschen nicht leiden. Das Göttliche muß werden wie ihrer einer.« Wir schwiegen eine lange Zeit, dann sagte sie: »Du bist mir sehr verwandt.« Das Glück, das ihre Worte in mir weckten, glich einem brennenden Schmerze. Ich war nahe daran, an ihre Brust zu stürzen; allein die Scheu, die meinem Wesen angeboren und angebildet war, verbot mir dieses Ungestüm. Es dämmerte schon vor den Fenstern. Ich mußte gehen. Ehe ich sie verließ, reichte sie mir das Buch, aus dem sie vorgelesen hatte. »Nimm es von mir«, sagte sie, »ich schenke es dir.«

Lächelnd und weinend zugleich irrte ich durch die abendlichen Straßen und fand spät erst den Fluß und das Pensionat. Ich hatte Glück. Auch andere Mädchen, vorgebend, daß sie sehr lange hätten warten müssen vor den Beichtstühlen, kamen spät zurück. Ich eilte in den leeren Schlafsaal und schlug Erinnas Buch auf. Zwischen zwei Blättern lag ein weißes Band. Es waren jene Seiten, die von der Begegnung Hyperions und Alabandas berichten. Ich las und erschrak. Hatte Erinna mit Absicht diese Seite eingemerkt? Ich versuchte mein stürmisches Herz du dämpfen; ich sagte mir: sie hat eben auf diesen Seiten gelesen. Oder das Band ist zufällig zwischen diese Blätter geraten. Ich wehrte mich gegen den Gedanken, daß sie diese Stelle für mich ausgewählt habe, und doch erzitterte mein ganzes Wesen in ahnungsvoller Hoffnung.

In meinem seligen Traum befangen, glitt ich durch die folgenden Tage. Niemand verhörte mich mehr. Nach wenigen Tagen kam Erinna wieder in die Schule. Sie gab mir meinen Buddha zurück, und niemand behelligte mich seinetwegen.

Nun kam eine Zeit des Blühens für mich. Ich war aus meiner sehnsüchtigen Verträumtheit gerissen; mit heiterem Feuer ergriff ich mein Leben; ich begann in der Schule ernsthaft zu arbeiten. Bald überraschte ich, wie vordem Cornelia es getan hatte, meine Lehrer und Mitschülerinnen durch mein Können. Hundert kleine Zeichen flogen täglich zwischen Erinna und mir hin und her: Blicke voller Bedeutung; ein Satz im Unterricht, scheinbar zufällig eingeflochten in den Vortrag, in Wahrheit aber für mich bestimmt; eine kleine persönliche Wendung in den Bemerkungen, die sie unter durchgesehene schriftliche Arbeiten setzte. Cornelia aber verstummte mehr und mehr. Sie welkte hin wie eine Herbstblume. Lautlos schwand sie aus meinem Herzen, in dem für nichts mehr Raum war als für Erinna.

Dann kam jener Herbsttag, der mir beide raubte, Cornelia und Erinna.

Erinna hatte beschlossen, an einem der letzten schönen Herbsttage mit uns eine jener Wanderungen zu machen, die an den Schulen neuerdings vorgeschrieben waren.

Die Wanderung begann unter den glücklichsten Vorzeichen. Erinna trug nicht eines ihrer gewohnten braunen oder dunkelblauen Gewänder, sondern ein Kleid aus einem leichten violetten Stoff, der erregend schön zu ihrer gelblichen Haut stand. Sie sah jünger aus als sonst und war von einer an ihr ungewohnten Fröhlichkeit erfüllt. Auch Cornelia sah heiter aus. Wir fuhren eine Strecke mit dem Zuge, und es traf sich, daß nicht ich, sondern Cornelia neben Erinna zu sitzen kam. Mir schien, die beiden unterhielten sich unbefangen und beinahe scherzend. Auch während der ersten Stunden der Wanderung, die durch das herbstliche Moor führte, sah ich die beiden nebeneinander gehen. Ich hatte kein Bedürfnis zu sprechen. Ich war glücklich bewegt. Über dem rostbraunen Moor lag dünner blauer Nebel, aus dem da und dort, als schwämmen sie in ihm, Rehe und Böcke ihre Häupter hoben. Als der Nebel fiel, standen rings die Birken und die fernen Wälder ganz in Gold. Raubvögel schossen rufend über spiegelnde Tümpel, und an den Sträuchern glühten rote Beeren. Ich roch den Rauch von Kartoffelfeuern und hörte durch die dünne Luft das Rufen weitab pflügender Bauern. Mir war, als sei ich in Sankt Georgen, sei ein Kind und wandere mit Vicki über die Äcker ihres Vaters.

Als es Mittag war, erreichten wir ein kleines Städtchen, das an den Hängen einer Hügelkette freundlich sich hinbreitete. Auf dem höchsten Hügel lag ein Schloß in einem alten Park. Auf einer Wiese mitten im Park lagerten wir, aßen und sangen. Später durchstreiften wir den Park, und Erinna fand einen Rosengarten. Noch blühten die Rosen. Die Erde unter den Büschen und Hochstämmen war schon dicht bedeckt mit welkem Rosenlaub. Wir saßen am Rand der schmalen Wege. Erinna las uns aus einem Buche vor; ich stand hinter ihr, an ein Mäuerchen gelehnt. Ich hörte nicht, was sie las. Wie ein Liebender blickte ich auf ihr Haar, auf ihre Schultern und Hände. Ich fühlte, wie nahe sie mir war und wie bedeutend diese Nähe für uns beide war. Als sie geendet hatte, blickte sie zu mir auf, als hätte sie allein für mich gelesen. Später stellte sie eine Frage an mich, die den Inhalt des Vorgelesenen betraf. Ich errötete, lachte und sagte: »Ich muß etwas gestehen.« — »Gesteh es!« — »Ich habe kein Wort davon gehört.« Sie fragte nicht weiter. An ihrem Blicke sah ich, daß sie alles wußte.

Bald brachen wir auf, verließen Park, Hügel und Städtchen, wanderten durch eine heitere Landschaft von Wiesen und Hecken und gerieten in die Auen am Fluß. Die Luft war noch warm. Einige von uns wateten ins Wasser, andre pflückten Zweige von Sanddorn und Vogelbeeren. Ich saß mit Cornelia schweigend auf einem besonnten Stein. Cornelia war still und sanft und glücklicher als sonst. Nach einer Weile trat Erinna aus einem Birkenwäldchen. Sie hielt einen Zweig mit goldenem Laube in der Hand und winkte uns: »Wir wollen ein Fest feiern, kommt!« rief sie. Wir sammelten uns um sie, und sie schlug vor, daß wir uns herbstlich schmücken sollten. Wir banden Kränze aus rot und gelbem Laub, wir legten sie auf unsere Haare und schlangen sie um unsre Körper. Dann sprach Erinna, von uns geschmückt wie eine Göttin des Waldes, einen Gesang vom Herbst. Wir faßten uns an den Händen, bildeten eine lange Kette und tanzten lachend und singend, von Erinna angeführt, durch den herbstlichen Wald. Ich war Erinna am nächsten, ich hielt ihre Hand. Cornelia sah ich nicht. Toller und wilder wurde unser Tanz; bald riß die Kette da und dort, und plötzlich sah ich mich mit Erinna allein. Fern zwischen den Stämmen verschwanden die Kleider der andern, verhallte ihr Rufen. Erinna sah mich an, dann riß sie mich in ihre Arme und flüsterte beschwörende Worte. Mein Herz stand still; ich gefror, ich wehrte mich, entwand mich der Umarmung und lief, auf nichts achtend, durch den Wald. Einmal schien es mir, als sähe ich Cornelia hinter einem Gesträuch entschwinden, allein ich hielt nicht inne im Lauf, bis ich den Fluß erreicht hatte, an dem die Mädchen sich wieder gefunden hatten. Sie starrten mich an. »Warum weinst du? Ist etwas geschehen?« Ich befühlte mein Gesicht. »Nein«, sagte ich mühsam, »es ist nur Schweiß vom Laufen.« Sie ließen von mir ab, und ich versuchte, das Geschehene zu begreifen. Ich vermochte es nicht. Scham und Qual erfüllten mich.

Der Tag war nicht zu Ende. Nach langer Zeit trat Erinna schmucklos und bleich aus dem Wald. »Wir wollen heimwärts trachten«, sagte sie. Als wir schon eine Weile gegangen waren, vermißte ich Cornelia. Ich blieb zurück und rief ihren Namen. Sie antwortete nicht. Nur der Fluß rauschte. Ich rief: »Cornelia fehlt!« Der Ruf drang zu Erinna. Sie befahl uns zu warten, während sie zurückging, Cornelia zu suchen. Ich folgte ihr, und sie ließ schweigend mich gewähren. Wir riefen, wir schauten in jedes Gesträuch, wir traten auch an den Fluß. Ich schauderte. Der Fluß aber war seicht an diesem Ufer. Als wir zu den Wartenden zurückkehrten, dämmerte es. Erinna sagte: »Wir gehen nun zum Bahnhof. Ihr fahrt zurück in die Stadt, ich bleibe noch hier.«

Einige Mädchen meinten tröstend: »Vielleicht ist sie längst auf einem kürzeren Wege zum Bahnhof gelaufen.« Erinna antwortete nicht. Stumm und verängstigt zogen wir ins Dorf. Als die andern in den Zug stiegen, blieb ich heimlich zurück. Ich folgte Erinna, von ihr unbemerkt, ins Dorf. Sie trat in das Gemeindehaus und kam nach einer Weile mit mehreren Männern zurück, die Laternen, Stangen und eine Bahre trugen. Es dunkelte. Schweigend gingen sie, von Erinna geführt, in den Auenwald, in dem wir getanzt hatten. Sie begannen sich zu zerstreuen und zu suchen. Ich sah den Schein ihrer Laterne schwanken zwischen den dunkeln Stämmen.

Auch ich drang nun in das Auendickicht ein. Dunkel zog der Fluß zwischen rauschendem Schilf. Noch rief ich wieder und wieder Cornelias Namen, doch schon glaubte ich nicht mehr daran, ihren Gegenruf zu hören. Hoffnungslos irrte ich am Ufer hin und her und geriet an einen dunkeln Altwassertümpel. Ich brach einen langen Ast und maß schaudernd die Tiefe des Wassers. Als ich mich über den schwarzen Spiegel beugte, sah ich Cornelia auf dem Tümpelgrund liegen. Zitternd, gebannt vom Unfaßlichen, blieb ich kauern, bis das Geräusch nahender Schritte mich erschreckte. Erinna trat aus dem Dickicht an den Wasserrand. Ich deutete stumm in den Tümpel. Ich sah, wie Erinna beim Anblick Cornelias versteinte. Nach einiger Zeit, während ein blasser Herbstmond aufstieg, vermochte sie die Männer herbeizurufen.

Cornelia wurde in einen leeren Raum des Gemeindehauses gebracht. Ein Arzt kam und untersuchte sie. Er stellte Fragen an uns, das Wesen Cornelias betreffend. Erinna sagte: »Sie war von ihrer Mutter her belastet. Die Mutter ist sehr früh an einer Nervenkrankheit gestorben.« Der Arzt nickte, ihm schien nun alles klar. Mir aber war, als müßte ich schreien: »Sie lügt! Sie weiß den wahren Grund.« Auch mich fragte der Arzt: »Was weißt du von dem Mädchen?« Ich sagte: »Nichts. Sie war meine Freundin.« Der Arzt bedeckte den Leichnam mit einem Tuche und ging. Bauern kamen und boten uns ein Nachtlager, denn der letzte Zug zur Stadt war längst abgefahren. Erinna hieß mich mit den Leuten gehen und schlafen. Ich weigerte mich. Wir saßen beim Scheine einer Kerze in dem stillen Raum. Ich schlief bald ein, von Müdigkeit überwältigt. Als ich erwachte, war es noch immer Nacht. Erinna schlief nicht, und auch ich blieb nun wach. Langsam graute der Morgen. Noch ehe es völlig Tag war, fuhr ein Sanitätsauto vor. Cornelia wurde hineingelegt, das Auto fuhr ab. Erinna und ich gingen zum Bahnhof und warteten auf den Frühzug in die Stadt. Wir gingen dort vom Bahnhof aus gleich in die Schule. Ich wurde von der Klasse mit Fragen bestürmt. Als ich sagte: »Sie ist tot«, löste sich meine Starre, und ich begann zu weinen. Die Mädchen zogen sich von mir zurück.

Cornelia war begraben. Das Jahr ging weiter. Der Platz neben mir blieb leer. Ich wurde wieder eine träumerische durchschnittliche Schülerin. Mit Schuljahrschluß wurde Erinna an eine auswärtige Schule berufen. Zwischen ihr und mir war kein Wort mehr gefallen. Als sie gegangen war, blieb ich vereinsamt zurück.

Begegnung am Abend

Nahezu zwei Jahre, die dem Verluste Cornelias und Erinnas folgten, verliefen so ereignislos, daß ich mich ihrer nur unbestimmt erinnere wie eines langen dumpfen Traumes. Ein Tag glich dem andern, das Leben schien stillzustehen. Doch während ich schlief, trug es mich weiter, und eines Tages erwachte ich an einem fremden Ufer.

Wir stellten uns zu unserm mittäglichen Pensionatsspaziergang auf. Die Vorsteherin überprüfte strengblickend die Reihe und ermahnte uns mit den täglich gleichen Worten zu gutem Benehmen auf der Straße. Alles war, wie es immer war; wir schwiegen und warteten auf den Befehl zum Öffnen der Tür. Plötzlich erschien es mir unsäglich lächerlich, daß ich hier in einer Reihe von Paaren stand, stumm und an Gehorsam gewöhnt, ganz wie ein gutartig stumpfes Tier. Ein noch stummer Zorn stieg in mir auf; ich fühlte, daß sich etwas in mir entschied, worüber ich nicht Herr war. Noch aber geschah nichts. Ich ging, wie es befohlen war, schweigsam über die Treppe, auf die Straße und in die Anlagen am Fluß. Ich plante nichts; ich blickte auf die rhythmisch bewegten Rücken der vor mir Schreitenden. Auf einmal trat ich aus der Reihe, verließ den Weg und ging quer über die Straße. Die Mädchen, die glauben mochten, ich hätte mir dazu vorher Erlaubnis eingeholt, zogen ruhig weiter. Die Vorsteherin schritt an der Spitze des Zuges. Als ich schon in eine Seitenstraße eingebogen war, hörte ich das laute Rufen der aufmerksam gewordenen Schar. Ich ging weiter, ohne umzublicken, aber auch ohne mich zu beeilen. Bald hörte ich Laufen hinter mir. Ich schlüpfte in einen offenen Hausflur, öffnete eine kleine Tür und fand mich in einem Höfchen, das voll von alten und neuen Wagenrädern, von Reifen, Holz und Werkzeug war. Ein alter Handwerker, der an einem Stück Holz schnitzte, blickte erstaunt auf mich. Ich legte den Finger auf meinen Mund, und er, augenblicklich begreifend, nickte. Ich hörte viele eilige Füße an dem Hauseingang vorüberlaufen. Auf einmal rief eine Stimme dicht vor dem Höfchen: »Aber hier war sie doch soeben!« Der Alte schob mich rasch in einen Schuppen und schloß das Tor. Schon betrat die Vorsteherin das Höfchen, blickte sich um und fragte: »Ist hier ein Mädchen hereingekommen?«

»Was ist hereingekommen?« fragte der Alte.

»Ich frage Sie, ob hier ein Mädchen hereinkam?«

»Ein was? Ein Mädchen? Sie spotten, zu mir altem Manne kommen keine Mädchen mehr. Die Zeiten sind vorbei.« Er seufzte. Die Vorsteherin kniff die Lippen zu einem Strich zusammen und ging. Der Alte folgte ihr kichernd und kam nach einer Weile zurück. »Die Luft ist rein«, sagte er, »bist du durchgebrannt?« Ich nickte, und er lachte. Ich blieb eine Weile bei dem Alten und schaute zu, wie er aus einem Lindenscheit eine Tiermaske schnitzte. Da ich Gefallen an ihr zeigte, holte er eine Anzahl fertiger Masken herbei: Masken von Hexen, Teufeln, Waldschraten, für den Fasching bestimmt, unheimlich blickten sie aus augenlosen Gesichtern auf mich. Zuletzt brachte er eine Schachtel voll von kleinen Schnitzwerken. »Darfst dir eines aussuchen.« Ich schwankte zwischen einem Reh und einem tanzenden Kobold aus dunklem Holze. »Nimm den Schwarzen«, sagte der Alte und ließ ihn schon in meine Manteltasche gleiten. Dann trat er vor die Haustür und blickte sich nach allen Seiten um. »Die sind fort«, sagte er, und ich schlüpfte hinter ihm hervor. Im Weitergehen besah ich das Geschenk des Alten und bemerkte nun erst, daß dem Gesicht des bocksfüßigen Kobolds große Tränentropfen an die geschlossenen Augenlider geschnitzt waren. Dieses Geschenk ergriff mich tief; es weckte in mir Bangnis, so, als wäre dieser weinende Kobold ein Magnet, begabt, Ungemach anzulocken.

Ich schritt kräftig aus, als stünde nicht Rückkehr am Ende dieses Weges. Ich war erfüllt von Hochmut, gegenstandsloser Verachtung und blinder Sehnsucht. Zuletzt kam ich in eine Vorstadt, die an einem Bahndamm endigte. Ich setzte mich auf einen Haufen morscher Schwellen und blickte mit unbewußter Trauer den schimmernden Geleisen nach, bis ein kalter Abendwind mich aufscheuchte. Und wieder ging ich weiter, dem Schienenstrang entlang. Es war erregend schön, in früh beginnender Dämmerung auf unbekanntem Wege zu gehen und dabei zu wissen, daß ich Verbotnes tat, daß ich ungeheure Strafe auf mich gezogen hatte und daß ich mich, da mir die Rückkehr versagt war, dem ungewissen, doch schon für mich bereiten Schicksal anheimgeben mußte. Blindes Vertrauen und ingrimmiger Mut beflügelten meine Schritte. Vor der Stadt, jenseits des

Flusses, wußte ich große dunkle Forste, einsame Schilf-seen, schmale Pfade durch Dorngestrüpp, und wenn ich in Tagreisen diese Forste durchquert hätte, stünde ich vielleicht vor den Mauern und Türmen von Sankt Ge-orgen. Nach einer Weile aber fand ich mich in einer Stadtstraße ganz in der Nähe des Pensionats. Der Weg und die Nacht hatten mich genarrt. Ich schlich durch die Anlagen bis dicht vor das Haus. Hinter den unverhüll-ten Fenstern des Studiersaals sah ich die bekannten Ge-stalten vorübergleiten, ein Buch, einen Zirkel oder die dunkle Kugel des Globus in der Hand. Ausgeschlossen von diesem Leben der Ordnung, stand ich im Dunkeln, allein und ausgeliefert der mondlosen Nacht und der ungewissen Gefahr. Lange blickte ich abschiednehmend, trauervoll und zugleich überheblich, zu den erhellten Fenstern auf. Dann wandte ich mich ab und lief in die Stadt.

In meiner Tasche fand ich ein kleines Geldstück, das ausreichte für eine Tasse Tee und billigen Kuchen. Ich trat in ein kleines Café, setzte mich in eine Polsterecke, erwärmte mich und fühlte mich beinah behaglich im Genuß der Stunde, die eine Gnadenfrist war.

An einem Tischchen am Fenster saß ein Mädchen mit einem violetten Hut auf dem rotbraunen Haar und einer gelben Kette um den bloßen weißen Hals. Sie hielt eine Zeitschrift vor sich, aber sie las nicht, sondern blickte über sie hinweg durch das große Fenster auf die Straße. Nach einiger Zeit wandte sie sich unwillig nach mir um. Sie hatte wohl im spiegelnden Fenster gesehen, daß ich sie anstarrte. Ich blickte beiseite. Als sie mich eine Weile prüfend betrachtet hatte, kam sie an meinen Tisch und sagte: »Dich kenn ich ja noch gar nicht. Seit wann bist du denn hier?« Ich wunderte mich über diese Rede, antwortete aber höflich auf ihre Frage. Dann betrachtete sie mich von neuem, schüttelte den Kopf, daß die Ohrringe klirrten, und sagte: »Du bist aber jung.« — »Fünfzehn«, sagte ich. Sie ergriff einen meiner Hängezöpfe, betrachtete ihn aufmerksam, zog an ihm und sagte: »Der ist echt.« Nun aber lachte sie laut. Ich fühlte mich zwar befremdet durch ihr Reden und ihr Lachen, doch nicht gekränkt, denn ihre Augen und ihre Stimme waren warm und gut. Als sie zu Ende gelacht hatte, sagte sie: »Ich bin aber auch ein dummes Ding. Und jetzt muß ich gehen.« Sie wollte sich erheben. Ich aber hätte gerne noch länger ihre lebendige Nähe gespürt. Leise sagte ich: »Bleiben Sie doch noch ein wenig, wenn Sie Zeit haben.« Sie setzte sich wieder, bestellte Kuchen und Tee für uns beide und sagte: »Jetzt sag mir bloß, was willst denn du um diese Zeit hier?«

»Ich hatte Hunger, und da ging ich hier herein.«

»Und es ist gar niemand bei dir?«

»Nein, niemand.«

»Mir scheint, du bist irgendwo heimlich fortgelaufen, du siehst mir ganz so aus.«

Ich nickte und erzählte bereitwillig, froh, mit einem Menschen sprechen zu können, von meiner Flucht. Sie hörte mir aufmerksam zu. Als ich den kurzen Bericht geendet hatte, sagte sie: »Das ist eine schöne Geschichte. Natürlich mußt du wieder zurückkehren, das ist sicher. Aber heut ist es schon zu spät dazu.«

»Nein«, sagte ich, »ich werde nicht mehr zurückkehren.«

Indem ich dies sagte, empfand ich einen kurzen heftigen Schmerz, gemischt aus Furcht vor dem dunkel Kommenden und aus Trauer um das freiwillig, ja, wie mir nun schien, mutwillig Verlassene.

»Und warum willst du nicht zurückkehren?« fragte die Fremde. Der spielerische Ton, in dem die Frage gestellt war, ließ mich empfinden, daß die Fremde meine Flucht nicht ernst nahm. Ihr leiser Widerstand reizte mich zu äußerster Entschlossenheit. Ich rief: »Ich werde es nicht tun. Ich kann es nicht tun. Ich ertrage es nicht.«

»Was ist es, das du nicht erträgst?«

»Das Eingesperrtsein, die Erziehung, das Pensionat, ach, ich weiß nicht – alles, alles. Wäre ich doch so alt wie Sie! Dann wär ich all dem entronnen.« Mit einer lässigen und gleichwohl schwermütigen Bewegung der beringten Hand wischte sie diesen Wunsch hinweg. »Sag das nicht. Das Alter ändert daran nichts. Man ist nie so, wie man sein will, und man bekommt nie das, was man sich wünscht.«

Während sie mit leiser trauernder Stimme dies bekannte, blickte sie lächelnd zu dem großen unverhüllten Fenster, an dem der eilige Strom der Passanten vorüberzog. Der lächelnde Blick der Fremden galt nicht, wie mir zunächst geschienen hatte, ihnen allen, sondern einem immer wieder auftauchenden müßigen Spaziergänger. Ich war zu sehr eingenommen von meinem Kummer, um dieser Beobachtung Bedeutung beizulegen. Ich fuhr fort aufzubegehren: »Sie wissen nichts, nichts! Sie sind frei und erwachsen, niemand befiehlt Ihnen, niemand quält Sie.«

Lächelnd und seufzend zugleich sagte sie: »Meinst du?« In diesen Worten vibrierten Unruhe und Schmerz. Plötzlich fühlte ich mich dieser Fremden sehr verwandt. Drängend fragte ich: »Was quält Sie? Sagen Sie es mir.«

»Das ist schwer zu sagen. Ich bin unter einem traurigen Stern geboren. Siehst du, es ist so mit mir wie mit dem Hund, den ich einmal gesehen habe; der lief am Morgen durch die Straßen. Da standen die Mülleimer. Sie waren eben geleert worden und standen nur mehr da. Der Hund schaute in den ersten, der war leer, und in den zweiten, der war auch leer, und jeder, jeder war leer, aber der Hund gab es nicht auf zu suchen. Es war komisch, und doch tat der Anblick einem weh. Zuletzt mußte ich weinen. Aber«, fügte sie leichthin bei, »das war nur so eine Laune.«

»Nein, Sie müssen sich nicht schämen. Ich weiß auch, daß das Leben traurig ist.« Jäh entschlossen, im überquellenden Gefühl der Freundschaft zu der Fremden, griff ich nach dem Amulett des Großvaters: »Hier in diesem Stein ist ein Spruch eingegraben, der sagt, daß der Mensch, der den Stein trägt, nicht heimisch werden kann auf Erden.«

Die Fremde nickte. »Ja, so ist es. Nicht heimisch, nie und nirgends.«

Da nahte wieder der müßige Spaziergänger dem Fenster, schritt vor ihm auf und ab und klopfte schließlich an die Scheibe. Augenblicklich verwandelte sich das Gesicht der Fremden und nahm die Maske schalkhaften Lächelns wieder auf.

»Müssen Sie nun gehen?« fragte ich.

Die Fremde zuckte die Achseln. »Später«, sagte sie gleichmütig. »Aber nun: was wird mit dir? Weißt du was, ich bringe dich ins Pensionat. Ich sage, ich sei eine Bekannte von dir, du habest mich getroffen und seist mit mir gegangen.«

Ich schüttelte den Kopf: »Das macht nichts besser.«

»Oder geht es so: ich sage, dir sei schlecht geworden auf dem Weg.«

»Nein, das geht alles nicht. Ich sage selbst, wie es war, wenn ich je zurückkehren sollte.«

»Ja, ja, man soll nicht lügen, du hast recht. Aber nicht wahr, von mir erzählst du nichts.«

»Nein«, sagte ich, »aber warum nicht?«

Nach einer Weile erst sagte sie, indem sie zur Seite blickte: »Sag, tust du nur so, oder weißt du es wirklich nicht?«

»Was denn?«

»Wer ich bin.«

»Ich verstehe Sie nicht.«

Doch indem ich dies sagte, begriff ich ihre Frage und wußte schon die Antwort.

Sie sah es. »Nun verachtest du mich.«

Ich schwieg. Wenig, fast nichts und nur Vages wußte ich von solchen Mädchen und dem dunklen ungesetzlichen Reich, dem sie angehören.

Ich blickte die Fremde an. War sie nicht schön und gut? Und dennoch... Sie erleichterte mir den Abschied: »Du mußt jetzt gehen. Es ist spät. Aber vielleicht lassen sie dich noch ins Haus. Wenn nicht — —«: Sie ließ einen kleinen harten Gegenstand in meine Manteltasche gleiten. »Ich heiße Elisabeth und wohne in der Gerold-Straße. Lebwohl!« Sie erhob sich und ging.

Ich folgte ihr eine Weile voller Sehnsucht und Abscheu, dann aber verlor ich sie aus den Augen. Da ergriff mich ein wilder Schmerz um sie und mich. Eine dunkle flüchtige Ahnung von der Vielgestalt des Lebens rührte mich an. »Elisabeth«, rief ich. Doch sie war schon weit. Mein Weg aber war entschieden, es bedurfte keiner Überlegung mehr. Als ich in den dunklen Anlagen vor dem Pensionat stand, wurden eben die Lichter im Schlafsaal ausgelöscht. Nur das »Ewige Licht« leuchtete rot und still aus den Kapellenfenstern; es war mir gleich dem heimweisenden Feuer eines Leuchtturms. Ich warf ein Steinchen gegen ein Fenster des Schlafsaals, allein es verfehlte sein Ziel, und es erschien mir gut und gerecht, daß es so war. Ich ließ die Steine, die ich schon in meiner Hand gesammelt hatte, fallen und zog entschlossen, wenn auch zitternd, die Glocke. Nach langer Zeit, während der ich nochmals die Versuchung zum Weglaufen zu überwinden hatte, öffnete das Hausmädchen und ließ mich zögernd ein. »Wo bist denn gewesen?« Ich schüttelte den Kopf. Gutmütig und bekümmert sagte sie: »Schleich dich hinauf ins Bett. Es wird schon nicht zu arg werden morgen.« Niemand hörte mich durch den Schlafsaal gehen. Es gelang mir am Morgen, noch ehe die Zöglinge erwachten, unbemerkt aus dem Hause zu schleichen.

In den Anlagen am Fluß wartete ich frierend und hungrig darauf, bis das Schultor sich öffnete. Als ich meine Hand in die Manteltasche steckte, spürte ich darin zwei kleine harte Gegenstände. Der eine, das wußte ich, war der schwarze weinende Kobold des alten Schnitzers, der andere aber war ein Schlüssel, der Schlüssel zu Elisabeths Wohnung. Sie glaubte offenbar, ich bedürfe bald eines Obdachs, einer Zuflucht, und sie bot sie mir. Als der Unterricht beendet war und ich, abseits von den andern, die mich wie ein gefährliches Tier betrachteten, ins Pensionat ging, dachte ich: »Was werde ich nun sagen, wenn sie mich fragen, warum ich es getan habe? Ich weiß es doch selbst nicht.« Ein größeres Mädchen sagte: »An deiner Stelle ginge ich nicht mehr ins Pensionat. Du wirst ja doch herausfliegen. Ich möchte nicht in deiner Haut stecken.« Ich bemerkte, daß ich ganz gleichgültig war gegen das, was geschehen würde.

Nun folgten einige Tage voll von Verhören in Pensionat und Schule, bei denen ich teilnahmslos und im Bewußtsein, mich nicht verständlich machen zu können, schwieg. Zuletzt wurde ich vor den neuen Direktor unserer Schule gerufen. Er sagte: »Nicht wahr, du wolltest einmal etwas erleben in der Stadt, gesteh es nur!« Ich schwieg. Er versuchte es auf andere Weise: »Es ist nicht der erste derartige Fall, der mir begegnet. Es kommt manchmal in diesen kritischen Jugendjahren irgendeine plötzliche Verwirrung über einen, man weiß nicht recht, was man tut; nachher bereut man es und versteht sich selbst nicht mehr. Nicht wahr, so ist es bei dir?« Ich begriff, daß er mir helfen wollte; ein wenig hatte er auch recht, allein ich wollte keine Erklärung, ich wollte keine Entschuldigung, ich nahm allein auf mich, was geschehen war. So schwieg ich auch vor ihm. Einige Tage hatte ich Ruhe, dann wurde ich eines Nachmittags in das Sprechzimmer des Pensionats gerufen. Mein Vater saß da, schaute mich bekümmert an und sagte: »Nun bist du hier herausgeworfen.« — »So«, sagte ich und fühlte nichts als Erleichterung. Der Vater aber rief erbost: »›So‹ sagt sie nur, als sei das etwas, was ganz einfach und natürlich ist. Schämen sollst du dich. Ich schäme mich für dich.« Er ging ans Fenster und wandte mir schweigend den Rücken. Ich war seltsam ruhig. »Und was soll nun geschehen, wie denkst du es dir?« Ich sagte: »Das weiß ich nicht.« Wieder fühlte ich, wie das Rad sich bewegte ins Ungewisse, ins Leben hinein. — »Ich sollte dich hier stehenlassen und mich nicht mehr um dich bekümmern, du gottverlassenes Kind. Aber wir Eltern haben dir eine andere Wohnung gesucht in einer großen Pension, in der sonst nur Erwachsene wohnen. Nur probeweise nimmt man dich auf. Auch in der Schule war ich schon. Du wirst einen Verweis bekommen wegen Widersetzlichkeit. Er bleibt als Schandfleck in deinem Zeugnis. Nun geh und packe deine Sachen. Am Abend hole ich dich ab, du fährst dann gleich mit mir nach Hause.« Er ging, ohne mich anzusehen. Ich packte träumend meine Koffer. Ich war ganz allein im großen Schlafsaal. Leise tickte eine Uhr. Ich spürte eine schwache Spur von Dankbarkeit gegen den Vater, der alles so kurz abgemacht und mir vieles erspart hatte, aber ich empfand eine starke Enttäuschung darüber, daß ohne mein Zutun alles sich in ein ruhiges gewöhnliches Geleise begeben hatte. Ich wünschte das nicht, es war ein Eingriff in mein Schicksal.

Ich war bald fertig mit dem Packen. Niemand hatte mich behelligt. Noch waren einige Stunden übrig bis zum Abend. Ich lief in die Stadt, ging in einen Blumenladen und wollte Orchideen kaufen. Doch nicht einmal zu einer einzigen kleinen Ranke reichte mein Geld. Ich wußte nicht, daß sie so teuer waren. Da erstand ich einige Teerosen und legte sie leise vor Elisabeths Tür.

Am Abend fuhr ich mit dem schweigenden Vater nach Hause. Die Ankunft und die beiden Ferienwochen waren schwer zu überstehen. Die Mutter schalt unausgesetzt, beschuldigte mich, weinte und ermahnte mich. Ein ungeheurer Trotz wuchs in mir auf. Am Karfreitagnachmittag sagte meine Mutter: »Nun gehen wir in die Andachtsstunde.« Ich schwieg.

Sie sagte drängend: »Zieh dich an, es ist Zeit.«

»Ich gehe nicht.«

»Was, du gehst nicht, gehst nicht?«

»Nein, du hast es gehört.«

Sie rief den Vater: »Hörst du, was sie sagt? O Gott, was ist das für ein Kind!«

Ich sagte: »Ich will nun spazierengehn.«

Die Eltern standen sprachlos. Der Vater rief mir nach: »Du brauchst gar nicht mehr wiederzukommen, verlorenes Kind.«

Ich schritt, kaum von seinen Worten berührt, durch die Straßen des Städtchens, ich ging über die Brücke und kam auf freies Feld und sah nun erst, daß es Frühling war. Nie in meinem Leben hatte ich ihn so gesehen. Mir war, als sei ich über und über mit Augen bedeckt, als besäße ich neue Sinne, so fein und scharf, daß sie das Schmelzen des Eises auf den Vorbergen, das Drängen des Saftes in den Knospen, das Gären der dunkeln, krümelnden Ackererde aufnehmen konnten. Es tat gut zu gehen, wo keine Menschen waren, nur Wiesen und schmale Wege zwischen Weißdornhecken. Ich vergaß den Streit mit den Eltern. Indes ich ausschritt, von den blauen Bergen angesogen, ließ ich alles, was gewohnt und trüb war, hinter mir. Inniges Behagen, vermischt mit sanfter Trauer, erfüllte mich. »Erde«, sagte ich, »Blume, Knospe, Wald, Sonne.« Es war, als gäbe ich den Dingen neue zärtliche Namen.

Allein früh kam der Abend. Blaue Schatten fielen über die Hügel, ein winterlicher Wind erhob sich, und die Erde gefror. Mein Wohlgefühl schwand hin; ich sah, daß ich weit gegangen war; ich spürte, wie der Abend mich ernüchterte und mich zurückwies in die Stadt. Noch zögerte ich unter einer weitästigen alten Fichte auf dem Kamme eines Hügels. Ganz in der Nähe, ich wußte genau die Stelle, verlief die Landesgrenze, unbewacht, leicht zu überschreiten. Wäre ich dort drüben, niemand fände mich, niemand holte mich zurück. Und auch dieses Land hatte eine Grenze nach Süden; dort lag Italien, dort lag wohl auch Cornelias Land, unser Land Sol. Hier aber rauschte der kalte Wind unheimlich in finstern Wäldern, hier war Streit, hier war ich ganz allein. Eine würgende Sehnsucht überfiel mich, Sehnsucht nach Cornelia, nach Elisabeth, nach dem Großvater, aber durch die geliebten Wesen hindurch sehnte ich mich nach etwas, das namenlos war und ohne Gestalt. Ich umklammerte den alten rauhen Stamm. Früher waren mir, wenn ich allein und traurig war, die guten schönen Dinge der Erde zu Hilfe gekommen: ein buntes Blatt, eine Wolke, ein Vogel, sie konnten mich trösten. Das war vorbei. Ich war nicht mehr in ihrem innigen Verband, ich stand allein, ein Mensch, der seinen Weg nicht sieht. Angst befiel mich. Ich blickte den alten Baum an und die Berge, die dämmerigen Wälder und den Himmel, als könnten sie mich hinwegtrösten über diese Stunde. Allein sie sahen schön und fern auf mich und schwiegen.

Wiedersehen mit Sankt Georgen

Länger als sechs Jahre hatte ich Sankt Georgen nicht gesehen. Ich gedachte seiner in Sehnsucht und Schwermut wie eines verlorenen Gutes; mir war, als müßte ich noch einmal, wacher, genauer und kräftiger, dort leben. Nie hatte ich zu meinen Eltern von meinem Verlangen, Sankt Georgen wiederzusehen, gesprochen. Ich stellte die Erfüllung des stummen heißen Wunsches ganz dem Schicksal anheim.

Eines Tages bekam ich einen Brief, von einer ungelenken Hand geschrieben. Er enthielt eine Einladung, die Osterferien in Sankt Georgen zu verbringen. Der Brief kam von Vicki, die nun seit kurzem verheiratet und Herrin eines schönen großen Hofes war. Die Erlaubnis zur Fahrt ließ sich leicht von meinen Eltern erwirken. Sie wußten mich in der Nähe des Großonkels und der Tante in guter Hut.

Es war Abend, der Abend vor dem Palmsonntag, als ich auf dem höchsten der blauen Hügel Sankt Georgen liegen sah wie eine Festung mit Türmen und hohen Mauern. Vicki holte mich an der Haltestelle des Postautos ab. Ich erkannte sie sofort. Sie war breit und stark, eine Frau, die Herrin eines Hofes, von Arbeit und Lebenslust geformt. Und ich ging scheu und schmal und wie in unseren Kinderjahren von ihrer Sicherheit und Tüchtigkeit verschüchtert neben ihr. Sie führte mich durch die stillen, schon feiertägig gefegten Dorfgassen an den letzten Häusern vorbei, über Wiesen, die nach Wasser, Erde und Schneeglöckchen rochen, und erst nach geraumer Zeit erreichten wir den abseits liegenden Hof. Auf der Bank vor dem Haus saß mit untergeschlagenen Beinen ein dunkler Bursche, der in meinem Alter sein mochte. Er schälte einen Weidenstab dergestalt, daß das hellgrüne saftfeuchte Holz in Spiralen, Ringen und anderen kunstvollen Mustern bloßlag. Er sagte, ohne aufzublicken, einen flüchtigen Gruß. Als wir ins Haus getreten waren, erklärte Vicki, dies sei Sebastian, der einst als Findelkind auf den Hof gekommen sei und nun schon Knechtsdienst tue. Als ich später noch einmal vor die Türe kam, band Sebastian ausgesucht schöne Weidenkätzchenzweige an den Stab. Der Stab war sehr lang, denn bei der Palmweihe am folgenden Tage kam es darauf an, wessen Stab am längsten war und wer seine Palmkätzchen in der Kirche am höchsten zu halten vermochte. Ich schaute ihm aus einiger Entfernung zu und sah, daß er sich vergeblich mühte, ein Band um Stab und Zweige zu binden; die Last der Zweige zog wieder und wieder den Knoten auf. Ich trat hinzu und drückte den Daumen auf den Knoten, bis Sebastian einen zweiten und dritten geknüpft hatte. Er nahm meine stumme Hilfe wortlos hin, und als sie nicht mehr nötig war, verließ ich ihn. Ehe ich um die Ecke bog, wandte ich mich zurück, da blickte mir Sebastian mit vorgestrecktem Kopfe nach. Wir mußten beide lachen und hätten gern miteinander geredet, hätte nur eines den Anfang zu machen gewagt. So aber blieb es beim verlegenen Lachen und Schweigen.

Als alle im Hofe schon zu Bett gegangen waren, stand ich am offnen Fenster meiner kleinen Kammer. Der Mond, der zu drei Vierteln voll war, erhellte das Land. Die kahlen, knospigen Zweige der Birnbäume zeichneten sich dunkel und scharf, wie eingeätzt, in den Himmel. Der Brunnen vor dem Hause rauschte, und fern rauschten Wälder und Frühlingswässer. Ein starker Geruch von Feuchte, von Erde, Saft und Wachstum zog durch das Fenster herein. Der Hund ging leise um das Haus; im Stall klirrte dann und wann eine Kette und muhte eine Kuh im Schlaf. Jenseits der Wiesen lag das Kloster. Ich sah es, ich spürte seine Nähe, mein Herz klopfte und war von Erfüllung und Erwartung bedrängt. Noch eine Nacht mußte vorübergehen, eine einzige Nacht, und ich würde das Kloster wiedersehen, und es würde sich erweisen, ob seine Bannkraft der Zeit standgehalten hatte, oder ob es wie so vieles, das dem Kinde kostbar erschienen war, zugleich mit der fast überstandenen Kindheit entfärbt und entkräftet wurde.

Ich vermochte nicht auf den Tag zu warten. Leise verließ ich das Haus und schlich auf feuchtem, monderhelltem Wege ins Dorf. Ich trat durch den Torbogen in den Klosterhof. Scharf schnitt das Geviert der hohen Dächer in den Himmel, in mattem Stahlblau schimmernd dort, wo sie vom Mondlicht getroffen wurden, tiefschwarz auf den Schattenseiten. Die großflächigen Fassaden aber leuchteten, als sickere aus dem Innern der Gebäude durch die Mauerporen ein starkes bleiches Licht. Inmitten des Hofes lag der Garten, eine schwarze tote Ebene, aus der die starren dunklen Zypressen stiegen wie schlanke Türme, deren Spitzen ins Mondlicht tauchten. Ich ging einige Schritte weit in den Hof; meine Tritte widerhallten so laut, daß ich erschrak. Ich blieb stehen und schloß die Augen. Der strenge herbe Mauer- und Pflanzengeruch, den meine Erinnerungskraft genau bewahrt hatte, drang mir entgegen. Ich trank ihn gierig, ich erfaßte mit allen Sinnen, klopfenden Herzens, zitternd das Innerste dieser Stunde. Leise ging ich weiter. Ich erinnerte mich einer kleinen überwucherten, schwer auffindbaren Pforte in der hohen Gartenmauer, durch die man in den äußeren großen Klostergarten gelangen konnte. Ich fand sie wieder. Der Zugang war von Brennesseln und Holunderschößlingen verwuchert, das Tor selbst von einem scharfdornigen Klettergewächs übersponnen, so dicht, daß ich mir die Hände blutig riß, als ich eindrang. Vielleicht war niemand mehr durch diese Pforte geschlüpft, seit ich es zum letztenmal getan hatte; die Ranken der Kletterpflanzen waren schon zäh und alt.

Ich öffnete das morsche hölzerne Tor, soweit es das dichte zähe Flechtwerk der Ranken erlaubte, und zwängte mich durch. Ich stand im Garten. Weithin gedehnt, vom Mond beglänzt, lag er vor mir, seine Grenzen verschwammen in lichtem Nebel. Da ergriff mich ein so jäher Ansturm von einem unnennbaren Schmerz- und Lustgefühl, daß ich in diese silbrig erhellte Weite hineinlief, in wachsender Trunkenheit weiter und weiter, bis mein Atem versagte. Ich stand in der Mitte des Gartens in dem betauten Wiesengrund, nahe der dunklen Pappelinsel und nahe dem verfallenen Kreuzgang. Langsam streifte ich nun durch den Garten und erkannte Bäume wieder, wie man alte Freunde wiedererkennt, Bäume und Säulen, Treppchen und

Mauerreste; zuletzt kam ich zu dem Tor, hinter dem die »Heiligen Quellen« lagen. Das Tor stand offen, ich bedurfte nicht wie in der Kinderzeit des großen alten Schlüssels. Das reine Wasser stand wie geschliffenes leuchtendes Glas in der Umfassung. Wieder warf ich Steinchen in die Mitte des glatten Spiegels, aber in diesem Augenblick glitt ein dichter Wolkenschatten über ihn; er trübte das Spiel der gläsernen Ringe und breitete eine graue frostige Schwermut über Quell und Garten. Betroffen, frierend und plötzlich ermattet verließ ich den Garten und eilte ins Haus zurück.

Am Palmsonntag nach dem Hochamt besuchte ich den Großonkel Felix. Man hatte mir gesagt, er sei seit mehr als einem Jahre gelähmt. Beklommen betrat ich das Kloster, in dem ein jüngerer Geistlicher nun amtierte. Der Großonkel bedurfte nur mehr weniger Zimmer. Ich hatte Angst vor dem Anblick des Kranken, vielleicht Entstellten und Verfallenen. Die Tante, deren Haar ergraut war, seit ich sie zum letztenmal gesehen hatte, empfing mich mit Tränen. »Bleib nicht zu lange bei ihm. Erzähle ihm aus deinem Leben. Er hört alles.« Ich wunderte mich darüber, daß sie mir dies Selbstverständliche so bedeutungsvoll sagte. Der Großonkel saß in einem Rollstuhl am Fenster. Vor ihm stand ein Lesepult, darauf lag aufgeschlagen ein altes Buch. Ängstlich trat ich hinzu. Der Großonkel lächelte, und seine Augen waren voll lebhafter Anteilnahme auf mich gerichtet. Ermutigt bot ich ihm die Hand zum Gruß, allein er nahm sie nicht, und er erwiderte auch meinen Gruß mit keinem Wort; er saß und lächelte. Ich begann, der Anweisung der Tante gedenkend, zu erzählen von der Schule, von den Eltern, von gemeinsamen Bekannten. Immer hastiger erzählte ich, indes ich wie gebannt in das unentwegt lächelnde Gesicht starrte. Mit einemmal

begriff ich, daß dieses Gesicht im Augenblick der Läh-
mung im Lächeln erstarrt war. Nun trug der alte Mann
das Lächeln, den seinem Wesen so zugehörigen Ausdruck, als schöne bleibende Maske. Je länger ich ihn
anschaute, desto vertrauter und zugleich fremder erschien er mir, und plötzlich ergriff sein Anblick mich so,
daß ich, mühsam ein Weinen verhaltend, aus dem Zimmer lief. In den folgenden Tagen aber gewöhnte ich
mich daran, und ich lernte mich nützlich machen. Als
ich begriffen hatte, daß der Großonkel lesen wollte,
aber nicht umblättern konnte, tat ich es für ihn. Es bedurfte großer Aufmerksamkeit, um am Wandern seiner
Augen zu erkennen, wann er eine Seite zu Ende gelesen
hatte. Manchmal las ich ihm auch vor, oder aber ich
saß untätig auf dem Fenstersims und ließ mich von der
Stille und jenem Frieden, der dem alten Mann entströmte, umfangen und in Bereiche des Denkens gleiten, die mir nur in seiner Nähe zugänglich waren und
deren Früchte, so greifbar und beständig sie schienen,
in nichts zerstäubten, sowie ich das Kloster verließ und
mein eigenes Leben wieder aufnahm.
Dieses Leben wurde bestimmt von der Landschaft der
Auenwälder, der Frühlingswiesen und des Klostergartens, von der eindringlichen Stimmung der Karwoche,
von Sebastian, dem jungen Knecht, und bald auch von
René, dem Knaben aus dem Schloß.
René sah ich zum ersten Male am Karsamstag. Ich war
sehr früh am Morgen mit Sebastian ins Dorf gegangen.
Sebastian trug einen blechernen Eimer und eine Schaufel. Von allen Seiten kamen Knaben und Burschen mit
eisernen Gefäßen jeder Art. Sie eilten gleich uns auf
den Platz zwischen der Kirche und den Fischteichen,
auf dem die »Feuerweihe« stattfand. Der Morgen war
klar und kühl. Frierend, doch freudig standen wir in

Gruppen beisammen und erwarteten den Geistlichen. Die Ministranten in langen roten Röcken und weißen Spitzenübergewändern schichteten rufend und streitend Scheite und Reisig auf eine Wiesenstelle, die noch als schwarze Narbe vom Osterfeuer des vergangenen Jahres erkennbar war. Als der Geistliche aus der Sakristei trat, verstummte jeder Laut, nicht etwa aus Ehrfurcht vor der beginnenden Zeremonie, sondern aus Spannung, denn es nahte der Augenblick, wo aus dem Feuerstein der Funke geschlagen und mit ihm der Holzstoß entzündet wurde. Unverrückt waren alle Augen auf den Stein gerichtet; sobald ihm der mühsam geweckte Funke entsprang, ertönte ein befriedigtes Seufzen. Während der nun folgenden Gebete, die mit Ungeduld überstanden wurden, schoben sich die Knaben und Burschen langsam näher und näher an das lodernde Feuer heran. Sobald der Geistliche sich abwandte, um in die Kirche zu gehen, umstanden sie schon wie eine Mauer das Feuer. Nun begann ein wüstes Stoßen und Schreien, denn jeder wollte der erste sein, der von der reichlichen Glut nahm. Bald sah man sie mit ihren Gefäßen voll glühender oder noch brennender Holzkohlen verstummt und vorsichtig den Häusern zueilen, wo mit dieser geweihten Glut das neue Feuer im Herd entfacht wurde. Sebastian war der erste, der mit seiner duftenden, glühenden Beute die Feuerstätte verließ. Als ich ihm nachblickte, sah ich René. Er lehnte in einiger Entfernung vom Feuer an der Kirchenmauer und betrachtete schweigend das wilde Balgen. Er war hoch aufgeschossen und blaß, etwa in meinem Alter, und spürbar ein Fremdling unter den stämmigeren, derberen Einheimischen. Als die Feuerstelle bereits verlassen dalag, trat René hinzu, schaute nachdenklich in die erlöschende Glut und schob mit seinen Schuhen die weißgraue Holzasche auf die schwelenden Kohlen. Dann ging er langsam durch den Klosterhof.

Am Ostermontag sah ich ihn wieder. Es besteht in den Dörfern jener Gegend der Brauch, daß man an diesem Tage zur Erinnerung an den Gang Christi nach Emmaus eine kleine Wallfahrt zu einer außerhalb des Ortes liegenden Kirche macht. Ich ging mit Vicki und Sebastian zur Kreuzkapelle. Sebastian zeigte mir dort einen großen Felsblock, der mitten im Kapellenschiff liegt, und er wies mir dunkle Flecken auf dem grauen Stein.

»Dies ist getrocknetes Blut«, flüsterte er, »da, auf diesem Block, sind hundert Christen geköpft worden von den wilden Hunnen.«

Als er dies gesagt hatte, ertönte hinter uns ein unterdrücktes Lachen. Es war René, der lachte.

»Unsinn«, sagte er halblaut, »das ist kein Blut. Blut wäre längst verblaßt in tausend Jahren.«

Sebastian sagte ernsthaft: »Das ist ja gerade das Wunder, daß es nicht verblaßt ist.«

Wieder lachte René. »Ich will dir sagen, was es ist: ein Stück roten Dolomits, eingesprengt im helleren Granit.«

Sebastian schwieg und wandte sich ab. »Es ist doch Blut, er weiß es nur nicht«, flüsterte er mir zu.

Es ergab sich, daß auf dem Heimwege René in dem Rudel junger Leute, dem ich mich mit Sebastian angeschlossen hatte, an meiner Seite ging. Obwohl ein nur spärliches Gespräch zwischen uns in Gang kam, fühlten wir, daß die städtische Herkunft und der Besuch einer höheren Schule uns von den bäuerlichen Gefährten abhob und uns beide enger verband. »Ich hab eine Gesteinssammlung«, sagte er. »Willst du sie sehen?«

Am folgenden Tage schon besuchte ich ihn auf dem

Gute seiner Eltern, das in ziemlich großer Entfernung vom Dorfe zwischen Wiesen und Wäldern lag. Renés Eltern waren auf Reisen, »wie immer«, sagte René mit einem lässigen Achselzucken. Er hauste allein hier mit Knechten und Mägden und seiner alten Kinderfrau. Alle Räume des weitläufigen Gehöfts standen ihm offen, kein Gerät war ihm versagt, kein Pferd verboten. Jedoch er machte selten Gebrauch von dieser im Übermaß gebotenen Freiheit. Sein Wesen, dem Denken und der Einsamkeit zugeneigt, setzte ihm Schranken. Er las, lernte, streifte durch die Wälder, suchte seltene Pflanzen und sammelte Steine, von denen er eine erstaunliche Anzahl besaß. Er sagte mir ihre Namen, ihre Herkunft, Alter und Festigkeitsgrad. Zärtlich hob er sie aus ihren Kästchen und wies mir die Schönheit ihrer Äderung und des Glanzes an den Schleifstellen. Er liebte die kühlen harten Steine, wie man sonst nur Lebendiges liebt. Als er bemerkte, daß meine Anteilnahme Höflichkeit war, schloß er kurz und bedauernd die Kästchen und sagte: »Komm, ich will dir etwas anderes zeigen.« Wir gingen auf einem schmalen Wege zwischen Jungwald und Quellgründen, bis wir eine Mauer erreichten, die einen Park umschloß. Nie hatten mich meine gründlichen und ausgedehnten Streifzüge an diese Stelle geführt. Inmitten des Parks, der eine Wildnis von altem ungepflegtem Baumbestand, von zerfallenen Steinmälern und dichtestem Gebüsch war, trafen wir auf das Schloß. Da ich es nie vorher gesehen und nie auch von ihm gehört hatte, schien mir fast, als wäre es durch ein Wunder, durch ein Wort Renés etwa, für uns, für die Dauer einer Stunde, aus dem Boden gewachsen. Schweigend und feierlich führte René mich näher. Die Jalousien waren herabgelassen; dürres Gerank von wildem Wein und Rosen hatte sich darüber gelegt. Vermoderndes Laub lag auf den Simsen. René sperrte die Türe auf. Das Knacken des alten Schlosses widerhallte im Innern. Stickige winterkalte Luft wehte uns entgegen, als beträte man eine Gruft. René zeigte mir den »Großen Saal«. Mäuse huschten wie Schatten in die Ecken. René zog eine Jalousie hoch. Trübes frostiges Licht sickerte durch das staubige Glas. Ein Luftzug bewegte den Kronleuchter; hundert kleine Kristallplättchen klirrten aneinander mit einem Tone wie aus einer alten Spieluhr. Die Wandspiegel zeigten Sprünge, die Vorhänge waren mürbe wie Tücher aus Mumiensärgen. Wir gingen von Raum zu Raum, wir schlichen lautlos, als täten wir Verbotenes; beide verbargen wir unser Grauen und hielten stand, bis das Tor sich hinter uns schloß. Dann aber rannten wir, aufatmend wie nach überstandener Gefahr, um die Wette durch den Park. Bereits am nächsten Tage aber erlagen wir der Lockung und erkoren das Schloß zu unserm Spielplatz. So sachlich und kühl wir sonst uns gaben — sobald wir im Schlosse waren, gewann das Unheimliche und Abgeschiedene Gewalt über uns und löste unsere Einbildungskraft, daß wir Spiele erfanden und spielten, deren wir, kaum mehr Kinder, uns sonst geschämt hätten. Wir waren Schloßherr und -herrin, geboten einer großen Dienerschaft, gaben Audienzen und besprachen ernsthaft Pläne zur Besiedlung des Parks mit Landvolk; oder aber wir waren Tyrann und gefangene Prinzessin, ich wurde in den Keller geworfen und wurde ermordet oder auch errettet; manchmal waren wir Odysseus und Nausikaa und führten klassische Gespräche. René war Meister im Erfinden von Spielen. Wenn aber Sebastian dann und wann uns besuchte, waren unsere Spiele anderer Art: wir turnten auf dem breiten marmornen Treppengeländer, schleiften über das glatte Parkett, hielten Wettläufe durch die langen Gänge, zündeten Feuer an in der verlassenen Küche, lagerten um den Herd und lauschten schaudernd Sebastians blutrünstigen Erzählungen von Wilderern, von Hexerei und Mordtat.

Einmal zeigte ich den beiden Knaben den Klostergarten. Während René am »Heiligen Quell« saß und gleich mir aufmerksam und entzückt das Spiel mit den gläsernen Ringen spielte, durchstreifte Sebastian auf eigene Faust den Garten. Plötzlich kam er zurück, atemlos, feuchte Erde im Haar und Schrammen im Gesicht. Wortlos wies er uns seine ausgestreckte Hand. Wir erblickten eine fremdartige Münze von offenbar sehr hohem Alter. »Woher?« Er winkte uns zu folgen und führte uns vor jene Erdgrube, von der einst Großonkel Felix mir berichtet hatte, daß sie das Tor zu einem unterirdischen Gange sei. Sebastian kroch hinein. Ich rief erschrocken: »Bleib, bleib, du wirst verschüttet!« Aber Sebastians Stimme tönte schon dumpf aus dem Gange. Wir standen erwartungsvoll. Bald flogen uns weitere Münzen vor die Füße. Wir rieben sie blank und bestaunten sie. Plötzlich tauchte Sebastian beutelos und bleich aus der Höhle. »Was ist?« Er blickte zur Seite und wollte nicht sprechen. René, ahnungsvoll und gespannt, kroch in die Grube. Bald hörte ich einen leisen Schrei, und René entstieg, ebenfalls stumm und erbleicht, der Höhle. »Was habt ihr denn, um 's Himmels willen?« Aber sie überließen es mir, die Entdeckung selbst zu machen. Nicht weit vom Eingange, ihm noch so nahe, daß das Höhlendunkel vom Tageslicht schwach erhellt wurde, hockte ein menschliches Skelett. Ich schrie auf und fuhr aus der Höhle. Nun schauten wir uns erschrocken und ratlos an. »Herausholen«, meinte Sebastian zögernd. Aber wir waren dagegen. »Wir müssen es jemand melden«, sagte René. Allein wir rührten uns nicht von der Stelle. Lockere Erde rieselte von der Höhlendecke; ein Stein fiel, wir zuckten zusammen. Nach einiger Zeit schickte Sebastian sich an, ein zweites Mal hineinzukriechen. »Was tust du?« schrie René entsetzt. — »Noch einmal anschauen«, sagte Sebastian; seine Stimme war heiser und unsicher. Wir ließen ihn gewähren. Bald krochen auch wir so weit in den Gang, bis wir das gebleichte Gebein aus der Dämmerung leuchten sahen. Eng aneinander gedrückt kauerten wir stumm, und ein jedes fühlte das Zittern des andern. Langsam nahm das Grauen überhand, es stieg in uns hoch, bis unsere Zähne aufeinanderschlugen. Blitzartig löste sich der Bann; wir stürzten aus der Höhle. Erde prasselte hinter uns herab und verschüttete den Eingang. Wir aber liefen über die Wiese, rannten atemlos, bis wir zitternd die kleine verwucherte Pforte erreicht hatten, durch die wir aus dem Garten schlüpfen konnten.

Wir eilten ins Schloß. Der Tag war trübe geworden. Wir zündeten ein Feuer an im Herd und hockten uns davor. »René«, sagte ich, »wem wollen wir es melden?« — »Der Polizei«, sagte er. Nach einer Weile des Schweigens murmelte Sebastian: »Wir wollen es niemand sagen.« Und wir begriffen, daß wir schweigen mußten. Dieses Geheimnis war einzig das unsrige. Es band uns aneinander wie ein Schwur. Geheimnisse aber beschweren; auch dieses lag als Last auf uns. Von Stunde an waren unsere Spiele von Schwermut gedämpft, von einem allzu plötzlich uns zuteil gewordenen Wissen vergiftet. Es kam vor, daß eins von uns mitten im Spiel verstummte und, wie von Müdigkeit überfallen, sich davonstahl.

Der letzte Ferientag kam. Wir trafen uns am Vorabend zum letztenmal im Schloß. Aus Brot und gefärbten Ostereiern bereiteten wir ein Festmahl im »Großen

Saal«. Der Abschied lag schwer auf jedem von uns, doch eins verbarg es vor dem andern. Unsere Lustigkeit war übertrieben groß. Wir liefen Schlittschuh auf dem blanken langen Tisch, sprangen über Stühle, rutschten über das Treppengeländer, trommelten auf Türen und Fässer, schrien und lärmten. Heidnisch an die Bannkraft des Lärmens glaubend, hofften wir, durch Getobe und Getöse den Abschied und alle Schwermut unsrer hinschwindenden Kindheit zu vertreiben.

Als an diesem Abend das Tor hinter uns ins Schloß gefallen war und René den Schlüssel abgezogen hatte, blickten wir uns tief erschrocken an. Wir wußten es nicht, doch wir empfanden mit scharfem Schmerz, daß dies ein Gleichnis war. »Wir kommen wieder«, flüsterte René. Doch dieses Wort, als Tröstung und als Wunsch mit Zaubermacht gemeint, verlor seine Kraft vor unsrer Traurigkeit.

Als ich am Morgen im Postauto Sankt Georgen verließ, sah ich fern auf einem Acker Sebastian Steine auflesen. An einer Wegkreuzung, schon sehr weit vom Dorfe entfernt, in den Wäldern am Fluß, stand René, der sich noch einige Tage Ferien gewährt hatte. Er winkte mit einem früh begrünten Lärchenzweig und entschwand zwischen knospendem Gesträuch meinem Blick. Bald versanken auch die Mauern und Türme von Sankt Georgen hinter dunkelbewaldeten Hügeln.

An jener selben Stelle erwartete mich René, als uns die Sommerferien wieder vereinten. Ich ließ den Wagen anhalten und stieg aus, um mit René durch die Wälder nach Sankt Georgen zu gehen. Später erinnerte ich mich an diesen Gang und daran, daß schon in dieser ersten Stunde Fremdes schemenhaft zwischen uns geschritten war.

Als sich Sebastian zu uns gesellte, maßen wir uns mit erstauntem, befremdetem Blick. Wir waren, alle drei, in den wenigen Monaten jäh gewachsen. Unsere Gesichter hatten ihr Kinderrund nicht mehr, und unsere Hände hingen groß und verlegen von zu langen Armen herab. Wir begannen sogleich zu spielen. Wir griffen die erprobten Spiele der Osterferien auf: Wettläufe, Fangen, Laufen auf dem First eines langen Schuppens, »Fuchs aus dem Loch«, »Räuber und Gendarm«; aber wir spielten nicht mehr mit heiter-verbissener Ausdauer, sondern mit Hast; jedes Spiel wurde voll gieriger Erwartung aufgegriffen, wurde versucht und wieder fallen gelassen. Niemals aber betraten wir das alte Schloß und nie auch den Klostergarten. Nicht länger als eine Woche ertrugen wir es, zu spüren, daß unsre Freundschaft ursachlos, unaufhaltsam und qualvoll dahinsiechte. Eines Tages mieden wir uns in plötzlichem scharfem Entschluß. Wenn Sebastian und ich auf dem Hofe uns sahen, so blickten wir zur Seite. Zorn und Trauer erfüllten mich, dann begann ich wieder viele Stunden lang bei dem maskenhaft lächelnden Großonkel zu sitzen und vorzulesen oder auch einsam durch den Klostergarten zu streifen. Jene wildverwucherte Pappelinsel im Grasmeer warf wieder ihren Lockköder nach mir aus: kam der Wind von Osten, so brachte er heftigen herbsüßen Blumen- und Schilfgeruch mit sich. Oft saß ich auf der zerbröckelnden Mauer und weinte und wußte nicht, warum ich weinte.

Eines Tages saß René dort, wo ich sonst zu sitzen pflegte. Mit scheuem Blicke sagte er: »In unserm Park blüht eben eine Knospe der neuen roten Schilfrose auf.« Es war eine Einladung. Ich folgte ihr widerstrebend. Wir gingen in den Schloßgarten und beugten uns über das Wasserbecken, das René mit vielerlei Pflanzen besiedelt hatte: mit Blumenbinsen, Pfeilkraut, blauer und gelber Iris, Wasserfarn und Schilfrosen. Schon hatten sich die vier grünen Hüllblätter so weit ausgebreitet, daß man ihre silberne Innenfläche sehen konnte. Langsam lösten sich die aufgefalteten Blütenblätter auseinander, und endlich lag die junge rötliche Blüte offen da; zum erstenmal wurde das frische Gold ihrer Staubgefäße frei überspielt vom Licht des Tags. Schweigend und gebannt hatten wir das Aufblühen betrachtet; im gemeinsamen Entzücken war unsere Freundschaft noch einmal aufgeblüht. »Am Abend geh ich angeln. Kommst du mit?« sagte René mit scheinbar wiedergekehrter Selbstverständlichkeit.

Der Abend war gewitterschwül. Wir saßen in einem alten morschen Boot im schilfigen Waldteich. René hatte die Angel ausgeworfen. Ich saß, die nackten Beine im lauen Wasser, auf der Spitze des Kahns. Das Wasser lag unbewegt und bleigrau. Froschchöre riefen im Schilf, verstummten und erhoben von neuem ihren Ruf. Zuweilen schnellte ein Fisch silbrig aus dem dunklen Wasser und klatschte wieder hinein. Wir sprachen kein Wort, um die Fische nicht zu verscheuchen. Ein schwaches Wetterleuchten stand manchmal flächig über dem Wald. René holte die Angelschnur ein. Ein großer schöner Fisch hing daran. René ergriff ihn, um den Haken aus seinem Maule zu lösen. »Ein Prachtfisch«, sagte er. Plötzlich schleuderte er ihn weit hinaus in den Teich. »Esel«, sagte ich, in der Annahme, der köstliche Fisch sei ihm aus den Händen geschnellt. Da aber warf René sich auf den Boden des Kahns, schlug mit Händen und Füßen auf das Holz und schluchzte. Ich wagte nicht ihn zu trösten; auch bedurfte ich selbst des Trostes. So saß ich, mit den Füßen im Wasser spielend, und wartete, bis Renés Schluchzen verstummte. »Unsinn«, sagte er plötzlich, erhob sich, lachte gequält, räumte die Angelgeräte in die alte Bootshütte und ging laut pfeifend davon. Ich blieb ratlos zurück, dann warf ich meine Kleider ab — ich trug in jenen heißen Wochen unter dem Kleid immer den Badeanzug — und sprang ins Wasser. Obwohl ich mich vor Wasserschlangen, kalten Fischen, Schlingpflanzen und dem herannahenden Gewitter ängstigte, durchschwamm ich den dunklen Teich. Als ich wieder ans Land kam, stand Sebastian dort. »Wo ist René?« fragte er. Ich deutete, atemlos vom raschen Schwimmen, in die Richtung des Gutshofes. Sebastian nickte befriedigt. »Was willst du?« fragte ich. — »Nichts«, sagte er, »nur fragen, ob du morgen wieder fischen gehst.« — »Warum?« — »Bloß deshalb, weil ich in die Schleifmühle muß.« Rasch entschlossen versprach ich ihm mitzugehen.

Am nächsten Morgen traf ich René im Dorf. »Ich geh mit Sebastian in die Schleifmühle. Gehst du mit?« — »Nein«, sagte René kurz und hart.

Es war ein sehr heißer Tag. Am frühen Nachmittag gingen Sebastian und ich über Wiesen, auf denen das Gras dorrte und die Erde vor Trockenheit sprang, bis wir den Anstieg zu einem der Vorberge erreichten. In den Fichtenwäldern war ein Rieseln wie von einem dünnen Regen zu hören. Es war das Geräusch der unaufhörlich fallenden erstorbenen Nadeln. Der sonst so wilde Bach, an dem die Schleifmühlen lagen, war zu einem müden Gerinnsel geworden. Endlich kamen wir zu den Schleifmühlen. Es waren kleine Hütten, halb aus Stein, halb aus Holz. An den Wänden, die dem Bachbett zugekehrt waren, sah ich große hölzerne Mühlräder und ein grobes Gefüge von Stangen, Trögen und Wasserrinnen. Im Innern der Hütte waren Werkzeuge, rohe und fertige Schleifsteine und ineinandergreifendes

Gestänge. Es war dämmerig in der Hütte. Das Gebälk krachte vor Dürre. Sebastian schichtete die Wetzsteine in seinen Tragkorb. Dann setzten wir uns müde auf eine Bank im Innern der Hütte. Wir wollten die Abendkühle abwarten für den Heimweg. Allein der Nachmittag schien endlos zu sein. Die Schatten wurden schon lang, und noch immer kochte die Luft und knisterte der Wald. Wenn Sebastian mich ansah, lag etwas Lauerndes in seinem Blick.

»Warum siehst du mich so an?« fragte ich endlich.

Sebastian murmelte: »Warum bist du immer bei René?«

Ich lachte: »Ich bin gar nicht immer bei René. Jetzt zum Beispiel bin ich schon seit vier Stunden bei dir.«

»Lach nicht«, sagte er drohend.

»Warum soll ich nicht bei René sein?«

»Warum, warum, das weiß ich auch nicht. Aber«, und nun rief er laut und heftig, »aber du sollst nicht!«

Plötzlich erlosch das glühende Licht vor der offenen Hüttentür, und in demselben Augenblick erhob sich ein rauschender Wind, der die Wipfel der Fichten bog, daß die Stämme ächzten. Erschreckt fuhren wir auf und liefen aus der Hütte. Am Himmel jagten blauschwarze Wolken, und schon zuckte der erste Blitz. »Rasch nach Hause«, rief ich. Aber schon fielen schwere Tropfen. Wir liefen in die Hütte zurück und schlossen die Tür. Ein vertrautes Kindergefühl des Geborgenseins überkam mich. Bald krachte der Donner dicht über unseren Köpfen. Ich fürchtete mich. Sebastian legte seinen Arm um mich. Der Regen tropfte durch das undichte Dach, und Gebüsch peitschte die Rückwand der Hütte. Ich fühlte, daß Sebastian zitterte. Hatte auch er, der Unerschrockene, Angst?

»Du zitterst ja!«

»Nein.«

»Doch.«

Sein Beben teilte sich mir mit, und unklar erst, dann
immer deutlicher spürte ich, daß der, der neben mir saß
und mich hielt, nicht mehr der Gefährte meiner Kinder-
spiele war; was aber war er mir? Die ersten süßen,
dunklen Schauer des Geschlechts durchrieselten mich.
Unbewegt aber saßen wir, zitternd zwar, doch stand-
haft widerstrebend dem Bedürfnis, einander zu ver-
prügeln oder zu küssen.

Plötzlich riß der Sturm die Hüttentüre auf, Regen
schlug wie ein grauer Vorhang herein, und auf der
Schwelle stand René. Oder war es doch nicht René?
Schon fiel die Türe heftig ins Schloß. Wir sprangen auf
und blickten in den Regen, doch niemand war zu
sehen. Wir sprachen nichts darüber. Spät am Abend
erst verzog sich das Gewitter, und wir schritten trie-
fendnaß und stumm durch den unaufhörlich rieselnden
Regen.

Noch nahm ich das Geschehene nicht allzu ernst; auch
in den Osterferien schon hatten die beiden Knaben
Launen gezeigt. Wohl kam mir das Wort »Eifersucht«
in den Sinn, allein ich verwarf es und hoffte inständig
auf die Wiederkehr der schönen Unbefangenheit.

Tagelang sah ich weder René noch Sebastian, und ich
sehnte mich nach den Gefährten. Der Klostergarten lag
stumm und unbelebt ohne sie, und meine einsamen
Streifzüge waren lustlos und unfruchtbar. Eines Tages
gelangte ich an einen alten Steinbruch, der an Vickis
Äcker grenzte. Ich hörte Hammerschläge. Am Eingang
der Grube lehnte Sebastians Sense; ich kannte sie an
den eingekerbten Geheimzeichen. »Zigeunerschrift«,
hatte lachend einmal Sebastian gesagt und war zu keiner weiteren Erklärung zu bewegen. Ich schlich näher.

Da sah ich, daß Sebastian im Steinbruch arbeitete, ich konnte nicht genau sehen, was er tat. Es schien, als behaue er einen großen Stein. Endlich verließ er den Bruch, nahm die Sense und ging leise und eilends fort, im Gehen um sich blickend wie ein witterndes Tier. Nun stieg ich in den Steinbruch nieder.

Unter einem überhängenden Felsen, durch vorgeschobene Blöcke, Brombeergeranke und Weidengebüsch fremdem Zugriff entzogen, standen große und kleine Steinfiguren, Menschen und Tiere darstellend. Manche, bei denen der hellgraue Stein sich schon ins Bräunliche verfärbt hatte und Verwitterungsspuren zeigte, waren noch kaum mehr als roh behauene Blöcke und Säulen; Gliedmaßen und Gesichter waren nur in eingeritzten Linien angedeutet. Wieder andere, Tiere zumeist, waren nur teilweise, mit Köpfen, Nacken und Vorderbeinen aus den Blöcken gelöst. Vielleicht war die Kraft des Bildhauers plötzlich erlahmt, oder seine Entwicklung war fortgeschritten, und er hatte das Begonnene verworfen, unvollendet gelassen. Die menschlichen Gestalten, die geschlechtlos waren und deren Arme und Beine ungeschieden an großen, starken Körpern lagen, waren uralten Götterbildern ähnlich; ihr Blick war starr, und ihre großen Münder lächelten gefährlich und gleichsam tierhaft böse lauernd. Ich setzte mich zu diesen Steinwesen, den Geschöpfen Sebastians. Die Sonne brannte auf den Stein. Eidechsen fuhren aus den Verstecken, äugten und verschwanden lautlos. Eine Kreuzotter kroch aus dem dürren Gras. Ich floh, geräuschlos rückwärts gehend, aus ihrer Bahn. Sie wand sich als ein schimmernder Doppelring um die Füße einer Steingestalt und schlief. Es war kein angenehmer Ort, dieser Steinbruch Sebastians. Ein fremdes Wesen wohnte in ihm, ein uralter Heidengott. Ich bekränzte einige der

Gestalten mit dürrem Schilf und blühendem Lattich und Taubnesseln.

Am Abend dieses Tages ging ich zu dem Holzschuppen, in dem Sebastian um diese Zeit arbeitete. Es drängte mich, ihn zu sehen, nun, da ich sein Geheimnis kannte. Warum sollte es nicht möglich sein, die alte Freundschaft, die so rätselhaft verletzt und tödlich gefährdet war, wiederherzustellen? Aber als ich vor dem Schuppentore stand, vermochte ich nicht einzutreten, denn auch ich war kein Kind mehr. Als ich am nächsten Tage wieder in den Steinbruch stieg, der mich unwiderstehlich lockte, sah ich René aus ihm enteilen. Er war wohl vom Geräusch meiner Tritte aufgestört worden. Also auch er kannte Sebastians Steinwelt. Als ich, von einer Ahnung getrieben, nähertrat, sah ich, daß zwei der steinernen Gestalten mit bunten Farben bemalt und als Mann und Frau gekennzeichnet waren. Ihre Gesichter glichen auf eine lächerliche Weise mir und Sebastian. Die Gestalten waren nah zusammengerückt. Ich versuchte sie auseinanderzurücken, allein sie waren zu schwer. Auch gelang es mir nicht, die festhaftenden Farben wegzuwischen oder abzuschaben. Ich stieg aus dem Steinbruch, versteckte mich im Gebüsch und wartete, was geschehen würde; ich vermutete, daß Sebastian bald kommen würde. Endlich kam er. Nicht sogleich schien er den Frevel zu bemerken. Plötzlich wandte er sich den beiden bunten Gestalten zu. Sein Gesicht konnte ich nicht sehen. Dann hob er die Axt, die er bei sich hatte, und schlug die Gestalten in Stücke, die beiden und auch die anderen, bis nur mehr Schutt zu sehen war. Dann rannte er mit einem wilden Aufschrei aus dem Steinbruch in den Wald. Ich hütete mich, ihn anzurufen. Am Abend, als ich zum Baden an den Schilfteich ging, sah ich die Angelgeräte Renés in kleine

Stücke zerhackt mitten auf dem Wasser schwimmen; das Boot trieb ruderlos weitab vom Land. Ich hatte keine Lust mehr zu schwimmen. Ich setzte mich ans Ufer, kaute an einem bittern Sauerampferblatt, sah zu, wie das Boot von einer unsichtbaren Strömung entführt wurde und endlich im Schilf sich verlor. Ein schneidend schmerzliches Gefühl durchdrang mich, ein Gefühl, das fast tödliche Angst war, unbestimmt und mir unerklärlich. Ich sprang auf, um das Boot zurückzubringen. Leicht wäre es mir gelungen, es schwimmend einzuholen. Allein ich tat es nicht. Meine Angst wandelte sich in verzweifelte Gelassenheit. Geschehe, was geschehen muß. Fernab trieb alles, was bisher sicher verankert schien.

Als ich am nächsten Morgen erwachte, war ich seltsam heiter. Verweht war die Schwermut, die Kinderfröhlichkeit schien wiedergekehrt zu sein. Ich beschloß, mit Sebastian aufs Feld zu gehen und am Abend ein Spiel zu dreien vorzuschlagen. Sebastian war nicht mehr im Haus. Ich fand endlich am Rande einer Wiese, die sich über mehrere sanfte Hügel hinbreitete, hinter einem Gebüsch den Heuwagen mit dem Pferd. Aus einer Mulde hörte ich den scharfen Zischlaut der Sense und das Rauschen des sinkenden Grases. Da sah ich, wie René aus dem Gebüsch trat und das Pferd ausspannte. Ich kannte das Pferd, es war zweijährig und sehr wild. Als es die Freiheit spürte, schüttelte es sich, hob sich auf die Hinterbeine und galoppierte wiehernd dem Walde zu. Sebastian, der in der Mulde mähte, sah und hörte nichts. René aber ging weiter ohne mich zu bemerken, gesenkten Hauptes, bleich und böse. »René«, rief ich von Zorn übermannt, »René, du Feigling!« Er aber sah mich im Weiterschreiten nur an, und sein Blick war so hoffnungslos, so voll tiefen geheimen Leidens, daß ich mich abwandte und in entgegengesetzter Richtung langsam dem Walde zuging. Im dichten Dorngebüsch setzte ich mich auf einen modernden Baumstumpf und überließ mich der Traurigkeit.

Am Nachmittag saß ich länger als sonst bei dem Großonkel Felix. Er las, ich wandte ihm die Blätter des alten lateinischen Buches, beobachtete das Wandern seiner Augen und hörte den Sommerwind über den Garten hinwehen. Die Stunde war friedlich, eine Gnadenfrist. Da überfiel mich, plötzlich wie manche Krankheiten einen anfallen, die unverstandene Verzweiflung über den Abschied vom Kindsein. René und Sebastian, die Gefährten, sie hatten mich verlassen, sie hatten sich entzweit, unbegreiflich Böses hatte sie überfallen und uns getrennt. Wir waren von dem unerbittlichen Engel der Wandlung vertrieben aus dem harmlosen Lande der Kindheit, ausgesetzt in gefährlichem Zwischenland.

Ich hatte den Blick des Großonkels verloren, ich vergaß umzublättern. Tränen begannen mir über das Gesicht zu fließen. Ich schluchzte; es war ein lautes wehleidiges Kinderweinen. Zum letztenmal war es mir vergönnt, auf diese Art zu weinen. Dazwischen stieß ich wirre Worte der Anklage hervor. Der Großonkel saß unbewegt wie immer. Sein maskenhaft lächelndes Gesicht war in die Ferne gerichtet. Er saß wie ein steinerner Gott, wie das Schicksal, gelassen, unberührbar von Menschenlaut, weise die Reihe der Verwandlungen überblickend. »Großonkel«, rief ich, »warum muß das so sein? Warum ist alles so schwer und traurig?« Der alte Mann lächelte und blickte in die Ferne. Ich sprang auf und lief in den Garten. Die Klosterfrauen pflückten Johannisbeeren. Ich hörte das heitere Lachen der Unbedrohten, Umfriedeten. Nicht achtend auf die Verwüstung lief ich mitten durch das hohe Gras; mit böser Lust trat ich auf Blumen und saftige Stengel, daß sie knirschend zermalmt umsanken. In blinder Verzweiflung riß ich Zweige von den Sträuchern der Pappelinsel und peitschte das dunkle Wasser. Böse Gedanken und Wünsche überfielen mich. Gehetzt verließ ich die Insel und lief auf der häßlichen Spur des zertretenen Grases zurück, bis ich zitternd vor dem Tore zu den »Heiligen Quellen« stand. Ich zögerte einzutreten. Ich setzte mich auf die Schwelle voller Sehnsucht, voller Scham und Angst.

Endlich öffnete ich das schwere Tor, setzte mich auf den Beckenrand und schauderte beim Anblick des stillen klaren Wassers. Dann hob ich einen kleinen Stein auf und warf ihn mitten auf den Spiegel, zweifelnd, ob dieses magische Spiel noch seine Kraft besäße. Die gläsernen Ringe eilten lautlos über das Wasser, glitten zurück, überschnitten sich und bildeten wunderbar strenge Muster. Da erkannte ich zum ersten Male, daß nicht das wirre dunkle Leiden der Kreatur, sondern das scharfe klare Gesetz des Geistes mein Leben leiten würde.